中公文庫

茶

ェイ

中央公論新社

一杯のおいしい紅茶

ジョージ・オーウェルのエッセイ

ジョージ・オーウェル
小野寺健 編訳

一杯のおいしい紅茶――ジョージ・オーウェルのエッセイ　目次

Ⅰ　食卓・住まい・スポーツ・自然

Ⅱ ジュラ島便り

Ⅲ　ユーモア・書物・書くこと

一杯のおいしい紅茶——ジョージ・オーウェルのエッセイ

I　食卓・住まい・スポーツ・自然

一杯のおいしい紅茶

手近な料理の本を開いて「紅茶」の項目を探しても、まず見つからないだろう。たとえ二、三行かんたんなことは書いてあっても、いちばん大事ないくつかの点では何の参考にもならないのが関の山なのだ。

これは妙な話である。何しろ紅茶といえば、アイルランド、オーストラリア、ニュージーランドまでふくめて、この国の文明をささえる大黒柱の一つであるばかりか、その正しいいれかたは大議論の種なのだから。

完全な紅茶のいれかたについては、わたし自身の処方をざっと考えただけでも、すくなくとも十一項目は譲れない点がある。そのうちの二点には、大方の賛同を得られるだろうが、すくなくとも四点は激論の種になることだろう。以下に十一項目、どれをとってもわたしがぜったい譲れないものを列挙する。

まず第一に、インド産かセイロン産の葉を使用することが肝心である。中国産にも、いまのように物のない時代にはバカにできない長所はある。経済的だし、ミルクなしでも飲めるから。しかし、これは刺激にとぼしい。飲んだからといって、頭がよくなったとか、元気が出た、人生が明るくなったといった気分にはならない。「一杯のおいしい紅茶」というあの心安らぐ言葉を口にするとき、だれもが考えているのは例外なくインド産の紅茶なのである。第二に、紅茶は一度に大量にいれてはいけない。つまり、ポットでいれることだ。金属製の大きな紅茶沸かしでいれた紅茶はかならず不味《まず》いし、軍隊の、釜で沸かした紅茶となったら、油や石灰の臭いまでついている。ポットは陶磁器、つまり土でできたものでないとだめなのだ。銀やブリタニア・メタル〔スズ、アンチモニー、銅などによる、銀に似た合金〕製のポットでは不味くなるし、エナメルのポットはなおいけない。ただし、不思議なことに、さいきんではあまりお目にかからない白目〔スズが主体の鉛などとの合金〕のポットは意外にわるくない。第三に、ポットはあらかじめ温めておくこと。これにはよくやるようにお湯ですすぐよりも、ポットを暖炉の棚から突き出ている台にのせて温めるのがいい。第四に、紅茶は濃いことが肝心。一リットル強入るポットに縁すれすれまでいれるとしたら、茶さじ山盛り六杯が適量だろう。いまのような配給時代には毎日そんなまねはできないけれども、一杯の濃い紅茶は二十杯のうすい紅茶にまさるというのが、わたしの持論である。ほんとうの紅茶好きは濃い紅茶が好きなだけでなく、年ごとにますます濃いのが好きになっていくもので、この事実は、老齢年金受給者の配給量には割増があることでも証明されている。第五に、葉はじかにポットにいれること。ストレイナーを使ったり、モスリンの袋にいれたり、紅茶の葉を封じこめる細工を弄してはいけない。国によると、紅茶の葉には害があると思って、葉をつかまえるためにポットの口の下に小さなバスケットをとりつけたりしているが、紅茶の葉はかなり飲んでも害はないし、葉がポットのなかで動けるようにしておかないと、よく出ないのである。第六は、ポットのほうを薬缶のそばへ持っていくべきで、その逆ではだめだということ。お湯は葉にぶつかる、まさにその瞬間にも沸騰していなければだめで、となれば注いでいるあいだも下から炎があたっていなければいけないのだ。そのお湯もはじめて沸かしたものでないとだめだと言う人もいるが、これは影響がないらしい。第七は、紅茶ができたあと、かきまわすか、さらにいいのはポットをよく揺すって葉が底におちつくまで待つことである。第八は、ブレックファースト・カップ〔日本のいわゆるモーニング・カップ〕つまり円筒形のカップを使い、浅くて平たい形のは使わないことである。ブレックファースト・カップならたくさん入るし、平たいカップでは、まだ満足に飲みはじめないうちに、かならず冷めてしまう。第九は、紅茶にいれるミルクから乳脂分をとりのぞくことである。乳脂が多すぎると紅茶はきまってむかつくような味になる。第十は、まず紅茶から注げということ。ここが、最大の議論の一つである。イギリスの家庭はどこでも、この点をめぐって二派にわかれると言ってもいいだろう。ミルクが先だという派にも、なかなか強力な論拠はあるけれど、わたしの主張には、反論の余地はないだろう。つまり、紅茶を先に注いでおいて後からミルクを注ぎながらかきまわしていればその量を正確にかげんできるのに、逆の順序でやったのではついミルクを入れすぎるではないか。

つぎはいよいよ最後になるが、紅茶には――ロシア式でないかぎり――砂糖をいれてはいけない。この点は少数派であることくらい、充分承知している。しかし、せっかくの紅茶に砂糖などいれて風味を損なってしまうようでは、どうして紅茶好きを自称できよう。それなら、塩や胡椒をいれても同じではないか。紅茶はビール同様、苦いものときまっているのだ。それを甘くしてしまったら、もう紅茶を味わっているのではなく、砂糖を味わっているにすぎない。いっそ白湯《さゆ》に砂糖をとかして飲めばいいのである。

紅茶そのものが好きなわけではなく、ただ温まったり元気が出たりするから飲むので、苦みを消すには砂糖がなければという人がいる。こういう愚かな人には、ぜひ忠告したい。砂糖抜きで飲んでごらんなさい、まあ、二週間くらい。まず確実に、二度と砂糖でぶちこわす気にはなれなくなるから。

紅茶の飲み方をめぐる論議なら、まだまだつきないけれど、以上でも、この問題がどれほど凝った複雑なものになっているかはわかるはず。この他にもティー・ポットの周辺には不可解な社会的エチケットもあるし（たとえば、なぜ受け皿で紅茶を飲んではいけないのか）、運勢を占うとか、客の来る来ないを当てるとか、兎の餌になるとか、火傷の薬、カーペットの掃除用といった、葉の副次的利用法についてもいくらでも書けるだろう。ただ、ポットを温めておくとか、かならず沸騰しているお湯を使うといった細かい点にだけは気をつけて、使い方さえ上手なら二オンスという乏しい配給量でもとれるはずの、濃くておいしい二十杯の紅茶だけはしぼりだしたいものである。

（『イヴニング・スタンダード』一九四六年一月十二日号）

イギリス料理の弁護

さいきんよく、外国人観光客をイギリスへ誘致すべきだという話を聞く。だが、外国人旅行者にとっていちばん困るイギリスの欠点が、日曜日に商店が開かないこと、酒が思うように買えないことの二つなのは周知の事実である。

この二点はどちらも狂信的な少数者のせいだから、大幅な法律改正をふくめてよほど努力をしないかぎり救いようがない。しかし一つだけ、世論しだいではたちまち改善できるものがある。すなわち、料理である。

イギリス料理が世界最低だというのは定評があって、第一、イギリス人自身がそう言っている。下手なだけではなく人まねなのだそうで、ついさいきんもフランス人の書いた本を読んでいると、「最高のイギリス料理といえば、むろんフランス料理にきまっている」という言葉にさえ出会った。

だが、これが嘘であることははっきりしている。長いあいだ外国暮らしをした人ならわかっていることだが、英語圏でなければぜったい手に入らない美味いものはじつに多いのだ。むろん、これ以外にもまだあるだろうが、わたし自身が外国で必死で探しても見つからなかったものを、いくつか列挙してみよう。

まずさいしょは、キッパー〔ニシンの干物。朝食によく出る〕、ヨークシャ・プディング〔皮だけのシュークリームのようなもの。ステーキの付け合わせとして、熱いのを賞味するのがふつう〕、デヴォンシャ・クリーム〔濃厚な固形クリーム〕、マフィン〔小さな円形の軽焼きパン。二つに割ってバターをつけて食べる〕、クランピット〔一種のホット・ケーキ。日本のいわゆるホット・ケーキよりは厚く、バターをつけ、トーストにして食べる〕。つぎは、いろいろなプディングで、これは全部ならべればきりがないけれども、クリスマス・プディングと、トゥリークル・タート〔糖蜜入りのパイ〕、それにアップル・ダンプリング〔リンゴ入りの茹で団子〕を、代表としてあげておこう。そのつぎは、これも種類の多さではひけをとらないケーキ類。たとえば（戦前にバザードで売っていたような）ダーク・プラム・ケーキ〔干しブドウが入っている〕、ショート・ブレッド〔バター・クッキー。ビスケットと思えばいい〕、それにサフラン・バン〔やはり一種のビスケットと思われる。サフランの風味があるのだろうか〕である。それに多種多様なビスケットもあって、これはたしかに外国にもあるわけだが、イギリスのビスケットのほうが美味いし、パリパリしていると言われる。

つぎに、わが国独特のさまざまなポテト料理法がある。肉片の下にポテトを置いてローストするような国など、世界中どこにあるだろう。これこそとびきりのポテト料理法ではないか。イングランド北部の、舌がとろけそうなポテト・ケーキにしても同じこと。新じゃがもイギリス式に料理するのがいちばんで——ハッカといっしょに茹で、溶けてきたバターかマーガリンをそえて出す。外国のようにフライにするよりずっといい。

　また、イギリス独特のいろいろなソース類もある。たとえばブレッド・ソース〔パン粉をいれた濃厚なソース〕、ホース・ラディッシュ・ソース〔西洋ワサビが入っている〕、ミント・ソース、アップル・ソース〔肉などにかける〕。レッド・カラント・ジェリーは言わずもがな。これは、兎肉だけでなくマトンにもじつによく合う。それに、各種の美味い漬物となったら、どこの国よりも豊富なのではあるまいか。

　この他にはどうだろう。缶詰は別として、イギリスの外でハギス〔羊、子牛などの臓物を刻み、オートミール、胡椒などといっしょにその胃袋につめて煮たもの。巾着のような格好をしている〕にお目にかかった経験はないし、ダブリン・プローン〔海老の一種〕も、オクスフォード・ママレードをはじめとするいろいろなジャム（たとえば、カボチャジャム、黒イチゴジャム）にしても、その点は同じ。イギリスのと完全に同類のソーセージにもお目にかかれない。

　この他に、まだ、イギリス製のチーズがある。種類はそれほど多くはないが、スティルトン・チーズは、この手のものでは世界一ではないかと思うし、ウェンズリーデール・チーズもそうひけはとらない。イギリス産のリンゴもみごとなもので、とくにコックスのオレンジ・ピピンがいい。

さいごに一言、イギリスのパンもほめておきたい。パンというパンは、ヒメウイキョウの種で風味をつけた細長くて大きなユダヤ・ローフから黒蜜色のロシア・ライ・ブレッドにいたるまで、みんないい。だがイギリス産のコテッジ・ローフ〔おそなえ型に重ねたもの〕の柔らかな耳のところくらい美味いものがあるだろうか。いつになったら、また、あれを食べられるのだろう〔このエッセイは、第二次大戦後の食料窮乏時代に書かれた〕。

ロンドンでもウォッカや燕の巣のスープが味わえるのと同じように、ここにあげた例のなかにもヨーロッパでも手に入るものがあるのは事実である。だがこれはすべてイギリスの特産品で、世界にはこういうものをまったく知らない地域もたくさんあるのだ。たとえばブリュッセル以南では、スエット・プディング〔牛、羊などの腎臓や腰肉などを入れたもの〕は、まず手に入らない。フランス語には、正確に「スエット」にあたる言葉さえないのである。それにフランスでは料理にはけっしてハッカを使わないし、黒スグリも酒のベースとして以外は使わない。

独創性と材料に関するかぎり、イギリス料理を恥じるいわれはないのである。それでも外国人観光客の立場に立ってみれば、一つだけ重大な障害があることは認めざるをえない。つまり、上等のイギリス料理には個人の家庭以外ではまずお目にかかれないということである。たとえば、ほんとうにおいしいヨークシャ・プディングを食べたかったら、どんなに貧しかろうと個人の家のほうがレストランよりましなのに、観光客はあらかたの食事をレストランでとるほかないのだ。

　まさにイギリス的でしかも美味い料理を出すレストランがめったに見つからないのは、事実である。パブではポテトチップスと不味いサンドイッチ以外、原則として食べ物は出さない。高級レストランやホテルでは、どこもかしこもフランス料理のまねをして、メニューまでフランス語で書いてある始末だし、安くてうまい食事をしようと思えば、ギリシャ料理、イタリア料理、中華料理などのレストランに足が向いてしまう。イギリスは食事が不味くて訳のわからない内規だらけの国だと思われているかぎり、観光客を誘致するのはむずかしいだろう。いまのところは、あまり打つ手もないが、いずれ配給制度の終わるときがくれば、そのときこそ国産料理復活の好機である。イギリス中のレストランが、どこもかしこも外国式でなければ不味いというのは、べつに自然の法則ではないわけで、改善の第一歩は、イギリスの民衆自身がいつまでもがまんしていないことなのである。

（『イヴニング・スタンダード』一九四五年十二月十五日号）

パブ「水月」

わたしのひいきのパブ「水月」は、バス停からわずか二分のところなのに、横町にあるせいで、酔っぱらいや無頼の徒には土曜の晩でさえ見つからないらしい。

客はかなり多いけれど大部分は「常連」で、毎晩すわる椅子もきまっているし、ビールを飲むというよりは、お喋りに行くのである。

特定のパブが好きな理由を聞かれたら、まずビールを持ち出すのが自然だろうが、「水月」の場合いちばん気にいっているのは、いわゆる「雰囲気」である。

まず、建物全体と造作が、あくまでもヴィクトリア朝風なのだ。ガラスばりのテーブルといった現代風の情けないものは何一つなく、見せかけだけの天井の梁《はり》、これも形だけの暖炉、オークまがいのプラスチックの羽目板のようなものも皆無。木工部分には木目があり、カウンターの後ろには装飾を凝らした鏡がならんでいて、暖炉は鋳物だし、これも装飾を凝らした天井はパイプの煙で黄色っぽく煤《すす》け、マントルピースの上のほうの壁には牛の頭の剝製がかかっている——何から何までどっしりしていて気持ちのおちつく、醜悪な十九世紀なのだ。

冬には、すくなくとも二つのバーで暖炉の裸火が景気よく燃えているし、ヴィクトリア朝風のレイアウトのおかげで席の間隔もゆったりしている。バーは、大衆向け、紳士向け、婦人向け、夕食の一杯を人前で買う勇気がない人のために瓶とカップが置いてあるバーと、四箇所に分かれていて、二階は食堂になっている。

ゲームができるのは大衆バーだけにかぎられるから、あとのバーでは、飛んでくるダーツにしじゅう首をすくめたりしないで、のんびり歩きまわれる。

「水月」はいつでも静かなので、話もまともにできる。ラジオもピアノも置いてないし、クリスマスイヴのような特別の時でさえ、たまには歌声くらいはあがっても、それも慎ましいものだ。

ウェイトレスたちは客の名前をたいてい覚えていて、一人一人の見分けがつく。どれもこれもみんな中年女で——そのうち二人は髪を派手な色に染めているが——客のことは年齢性別に関係なく、すべて「あなた」と呼ぶ（「あなた」であって「あんた」ではない。女たちが客を「あんた」と呼ぶパブは、柄がわるくて不愉快ときまっている）。

パブにはめずらしく、「水月」では、紙巻きタバコだけでなくパイプタバコも売っているばかりか、アスピリンや切手も売っているし、電話も愛想よく使わせてくれる。

「水月」では、れっきとした食事こそできなくても、スナック・カウンターがいつも開いているから、ここでレバ・ソーセージのサンドイッチとか、この店の名物の貽貝《いがい》、チーズ、ピクルス、それに、これはパブにしかなさそうな茴香《ういきょう》の種が入っている大きなビスケットなどを買えばいい。

二階の食堂では、週に六日は、たっぷり量のある美味いランチにありつける——たとえば薄い肉の輪切りに野菜二品、それにジャム・ロールパンときて、これが約三シリング。

このランチのかけがえのない楽しみは、ドラフト・スタウト〔樽出しの黒ビール〕が付くことだ。ロンドンのパブでドラフト・スタウトなど出すところなど、十軒に一軒でもあるだろうか。ところが「水月」は、その一軒なのである。口あたりのいい、とろりとしたスタウトは、白目のポットで飲むとさらにいい。

「水月」では酒器にもうるさく、かりにも一パイントのビールを柄がついていないグラスで出すような愚は、けっして犯さない。ガラスと白目のマグの他にも、この店ではいまのロンドンではめったに見られないストロベリー・ピンクの陶のマグを置いている。たいていの客はビールが透けて見えるほうが好きだというので、陶のマグは三十年ばかり前に姿を消してしまった。だが、ビールは陶のマグで飲むほうがだんぜん美味いのだ。

この「水月」でも、いちばん意表をつくのは庭である。紳士用のサルーン・バーから狭い通路を抜けていくと、鈴掛の木が何本か植わっているかなり広い庭があって、木陰に緑色の小さなテーブルが置いてあり、そのまわりに鉄の椅子がならんでいるのだ。庭の上手には子供用のブランコがいくつか、それに滑り台も一つある。

夏の晩には家族づれでやってきて、滑り台でキャーキャーいっている子供たちの声を聞きながら、鈴掛の木陰に腰をおろしてビールや樽出しのリンゴ酒を傾けるのだ。門のそばには、もっと小さな子供をのせた乳母車もとまっている。

「水月」の魅力は他にもいくらでもあるが、この庭こそいちばんだろう。おかげで父ちゃん一人が出かけていき、のこった母ちゃんは家で子供のお守りといった真似はせずに、一家で出かけていけるのだから。

それに、ほんとうなら庭にしか入れない子供たちが、パブの中までしのびこんできて親の飲み物を運んでいくようなこともめずらしくない。これは法律違反なのだろうが、そんな法律なら破ってもいいではないか。本来なら一家で楽しめるはずのこういう場所を大酒をくらう場所にしてしまったのは、子供たちをしめだし、その結果女たちまでしめだしてしまった、ピューリタン流の愚かしさなのだ。

「水月」こそ、わたしの理想のパブである——すくなくともロンドン界隈でなら（地方のパブに期待するものは、またちょっとちがってくる）。

だが、そろそろ、おそらく炯眼《けいがん》冷静な読者ならすでに見抜いていることを明らかにするときだろう。「水月」のようなパブはどこにもないのだ。

つまり、名前が同じパブならあるとしても、わたしは知らないし、ここにならべたのとそっくりの特徴を持ったパブの話も、聞いたことがない。

ビールは美味いが食事はできないというパブならある。そうでなければ、食事はできるがうるさくて混んでいるパブか、静かだがきまってビールが不味いというパブくらいのもので、庭のあるパブなど、ロンドンですぐ思い出せるところは三軒しかない。

だが、公平に言うと、ほぼ「水月」に近いパブも二、三軒はある。理想のパブの条件を十以上ならべてみたが、そのうち八つを充たしているパブなら一軒はある。だがその店でさえ、ドラフト・スタウトは置いていないし、陶のマグもないのだ。

もしドラフト・スタウトがあって、本物の火が燃えていて、食事が安くて、庭があって、ウェイトレスは母親みたいで、ラジオのないパブがあったなら、ぜひ教えてもらいたい。名前は「レッド・ライオン」とか「レイルウエイ・アームズ」といった味気ないものでもかまわない。

（『イヴニング・スタンダード』一九四六年二月九日号）

ビールを飲む理由　世論調査所編『パブと大衆』書評

これだけ膨大かつ入念な調査をしたからには、なぜ、簡単なものでもいいから戦争が飲酒の習慣におよぼした影響についての付録をつけてくれなかったのだろう。本書は開戦の直前に編集されたらしいが、それから短期間でもビールの値段は二倍になり、中身はぐんと薄くなってしまったのだから。

本書は「マイルド」〔ビターと反対に苦みのうすいビール〕がまだ一パイントで五ペンスだった時代（一九三六年から四一年にかけての軍備増強の期間には、さらに一ペニーしか上がっていない）に書かれたわけだが、編集部の調査によると、「労働者街」のパブで常連が平らげるビールの量は週あたり平均十五パイントから二十パイントだったという。これだけ飲めばまあまあとは思えるものの、過去七十年で一人あたりビールの年間消費量が三分の二近く減ったことはあきらかで、「パブは文化的施設としての役割を失いつつある」というのが、調査員の結論である。その原因は、非国教徒派が多数をしめている町議会の非難でもなければ、何より酒代が上がったからでもなく、街ぐるみの創造的な娯楽をたのしむ習慣が時代の流れによってうすれ、孤独で機械的な娯楽が大勢になったことにある。手のこんだ社交儀礼があり、活気にみちた会話もあり――すくなくともイングランド北部でなら――歌もあったし週末にはコメディアンもいたパブに代わって、映画とラジオという、麻薬のような受け身の快楽がじりじりと浸透しはじめたのだ。人がパブへ行くのは酔っぱらうためだといまだに信じている禁酒主義者のような少数派にとっては、これはまさに喜ぶべきことだろう。だがこの調査がおこなわれた期間に異常なほど泥酔者がすくなかったことは、調査結果でもかんたんにわかるのである。平均的なパブの営業時間、五千時間あたり、泥酔して暴れた常連客はたった一人だったのだ。

本書の著者たちは、長いカウンター仕切りだけでバーを等級別に分けている形式のロンドンのようなパブではなく、現在でも部屋別になっている地方の旧式なパブを調査してみた結果、おもしろい情報をたくさん掘り出している。こんな短い書評では、高級なサルーン・バーと大衆向けのパブリック・バーのあいだの複雑な社会規範の相違――おごりあいをめぐる微妙な慣習、瓶ビール指向がつよまった文化的な意味、教会とパブの敵対関係と、それが原因の飲酒にまつわる罪悪感――といった、くわしいことまで説明する余裕はない。

だが、一般の読者には、第五章から七章までがいちばんおもしろいだろう。すくなくとも一人の調査員はバッファロー団に入るという思い切った手段をとったらしいのだが、おかげでいくつか驚くべきことが明らかになった。地方新聞をつうじて、なぜビールを飲むのかと質問してみると、健康のために飲むという答えが半分以上返ってきたのである。おそらく、ビールが薬のようなことを言っているビール会社の宣伝文句を鵜呑みにしているのだろう。しかし、もっと正直な答えもあったのだった。「四十くらいの労働者風の男が『おめえさんは、何のために飲むんだい』というので、健康のためだと答えたところ、『そんな――嘘つけ』と言う。わたしは一ジル〔一パイントの四分の一〕おごらされた」というのである。

また、同じ質問にこう答えた女もいた。

「あたしは、昔、お祖母さんが夜ビールを飲んでいるのを見てると、楽しかったのよ。とても美味そうだったわ。おつまみは、干からびたパンにチーズをのっけただけだったのに、それがご馳走みたいに見えてね。ビールを飲んでりゃ百まで生きられるって、お祖母さんは言ってたわ。九十二で死んだけど。わたしゃ、けっしてビールは嫌いだなんて言わないよ。悪いビールなんかないって、お祖母さんが言ってたから」

詩のように記憶に刻みこまれずにはいない、このささやかな一文だけでも、ビールがわるくない証拠としては充分だろう。別にそんな証拠はいらないと思うが。

（『リスナー』一九四三年一月二十一日号）

クリスマスの食事

わたしの読んでいる日曜新聞に、クリスマスを成功させるには欠かせないものの絵が、四つ出ている。いちばん上は七面鳥のロースト。その下がクリスマス・プディング、さらにその下は皿にならべたミンス・パイ。そして、いちばん下は某社のリヴァー・ソルト、つまり胃腸薬の缶である。

まことに簡単な幸福の処方箋だ。まず食事、つぎは解毒剤、それからまた食事というわけである。古代ローマ人は、こういう技術の大家だった。しかし、ラテン語の辞書でいまvomitorium という言葉を引いてみたところでは、これはどうやら、食事のあと気分がわるくなったときに吐く場所という意味ではないらしい。したがって、これがローマの家庭にはどこにもあったというのは誤解なのだろう。

さいしょにふれた広告は、いい食事とは食べすぎてしまう食事だというのを前提にしている。これには、わたしも原則として異論がない。ただ、今年のクリスマスに食べすぎたら、といってもそんな可能性はまずないにせよ、その場合は、そんなこととは無縁の十億の人間のこともちょっと考えてみたらよかろうとは言っておきたい。われわれのクリスマス・ディナーも、けっきょく、世界中の人間がそれにありつけてこそ、いっそう安心なものになるのだから。だが、その話はあとまわしにしよう。

クリスマスに食べすぎてはいけないと考える理由で一つだけもっともなのは、自分以上に食べものの必要な人がいるということだけかもしれない。クリスマスを、苦労して質素なものにするのはバカげているのだ。クリスマスには、羽目をはずさなければ意味がない。これはおそらくキリストの誕生日が勝手にこの日に決められる前からのことだったのだろう。それなら子供たちがよく知っている。子供の目で見れば、クリスマスというのは慎ましい楽しみの日などではなく、多少の苦しみはあっても底抜けに楽しみたい日である。朝の四時から起きて、靴下の中身をたしかめる。昼まではおもちゃの奪い合いで喧嘩をしながら、台所から漂ってくるミンスミートや香料のセージと玉葱の匂いに胸をときめかせ、やがて皿に山盛りの七面鳥の鎖骨のひっぱりあいが始まる〔長いほうを取った者の願い事がかなうというので、皿にのこった鳥の鎖骨をひっぱりあう〕。窓をカーテンで暗くするころには、炎をあげているプラム・プディングが登場する。まだブランデーが燃えているうちに自分の皿にとろうとする大騒動。赤ん坊が三ペンスの銅貨を飲みこんだといって、ちょっとした騒ぎになる。午後はずっと茫然自失のまま厚さが一インチもあるアイシングのかかったアーモンド入りクリスマス・ケーキを食べ、あくる日の朝は気分がわるく、二十七日には下剤のヒマシ油を飲む始末。何もかも楽しいわけではなく浮き沈みの連続でも、ドラマチックなことがいろいろあっては、やめられるものではない。

禁酒主義者や菜食主義者は、きまってこういうことに憤慨する。彼らの思想にしたがえば、人生の唯一の合理的な目的はなるべく苦痛を避けて長生きすることなのだ。アルコールとか肉、その他こういう類のものを慎めば五年は長生きできるかもしれないのに、食べすぎたり飲みすぎたりしたのでは、翌日手痛いしっぺがえしをくらうというのである。それなら、あらゆる食べすぎ飲みすぎは年に一回のクリスマスの乱行でさえも、すべて避けるのが当然ということになるのだろうか。

とんでもない話である。自分のやっていることくらい百も承知で、すこしは肝臓を傷めても、たまには羽目をはずすほうが断じていいのだ。大事なのは健康だけではない。人といっしょに飲んだり食ったりすることで得られる友情、好意、そして精神が高揚し、物の考え方が変わることも、同じように大事なのだ。考えてみれば泥酔でさえ、そうしじゅうでさえなければ、それほど害があるとは思えない――年に二度くらいなら、いいのではないか。あとの後悔までふくめて経験の総決算を考えてみるなら、型にはまった日常の意識を打破する点では、その効果は週末の外国旅行にも劣らず有益にきまっているのだ。

　こんなことは、昔からわかっていたのである。アルファベットができる前の時代までさかのぼっても、酒浸りはよくないが、お祭り騒ぎは、たとえ翌日後悔するとしてもわるくないというのが人生の常識なのだ。飲み食い、とくに飲むほうについての文学はたくさんあるのに、逆のほうとなると、ろくに読むにたえるものがないではないか！　水も飲みもののうちに入るだろうが、これを讃えた詩など、とっさには一つとして思い出せはしない。ろくに言うことがないからである。水は渇きをいやす。それで終わりなのだ。ところがワインを讃えた詩となると、現代まで伝わっているものだけでも一つの書棚はふさいでしまうはず。ブドウの醱酵作用が発見されたその日から、詩人たちはこういう詩を作りはじめたのだった。ウィスキー、ブランデーといった蒸留酒がそれほど讃えられないのは、一つにはこれを造りはじめた時期がワインより遅いからである。しかしビールは、中世にまでさかのぼって、まだホップをいれる技術もなかった遠い昔から、文学の世界で大いに讃えられている。不思議なことにスタウトを讃えた詩は、ドラフト・スタウトまでふくめて一つも思い出せない。瓶詰めより、こっちのほうがいいと思うのだが。『ユリシーズ』〔ジョイスの作品〕には、ダブリンのスタウト醱酵桶を描いたむかむかするような箇所がある。しかし、その箇所がいくら有名でも、だからと言ってアイルランド人を好物から遠ざける結果にはならなかったのだから、これは一種逆手のスタウト讃美なのである。

食うほうをめぐっても、こちらはたいてい散文だが、文学作品はたくさんある。ただし、ラブレーからディケンズまで、ペトロニウスからビートン夫人〔十九世紀半ば、イギリスの家庭料理の本を書いた著者〕にいたるまで、好んで食べもののことを書いた著者のなかでまっさきに栄養のことを考えた人など、一人も思い出せはしない。かならず、食べものそれ自体を目的と考えているのだ。ヴィタミンのことを書いたものもいなければ、蛋白質のとりすぎの危険、何でも三十二回は噛むことの重要性などについて、忘れられない散文を書いた者など、一人もいはしない。食べすぎや飲みすぎに走るのは特別の機会だけで、そうしじゅうではないにしては、どうやら食べすぎや飲みすぎの話ばかりが多すぎはしまいか。

しかし、今年のクリスマスには、食べすぎ飲みすぎをすべきだろうか。それは許されることではなく、まずその機会もないだろう。わたしのクリスマス讃美は、来年か再来年のクリスマスを考えてのことなのだ。今年の世界は、とうていお祭り騒ぎなどできる状態ではない。ライン河から太平洋まで見渡してみても、某社のリヴァー・ソルトが必要な人間など、ろくにいるはずはない。インドには、まともな食事は日に一回しか食べられない人間が昔から一億はいる。中国も似たような事情であることはまちがいない。ドイツ、オーストリア、ギリシャといった国々では、何千万という人たちが、生きてはいるものの働く気力までは出ない食事をとっている。ブリュッセルからスターリングラードまで、戦禍を被った地域では、さらに多くの無数の人びとが、空襲で破壊されたビルの地下室や森のなかの隠れ家、あるいは有刺鉄線に囲まれたひどい小屋で暮らしている。一方でクリスマス用の七面鳥はあらかたハンガリーからの輸入品だという話を聞きながら、おそらくはその社会でもかならずしも収入が最低ではなさそうなハンガリーの作家ジャーナリストたちが、窮乏の果て、イギリスの愛情ぶかい人びとから送られてくるサッカリンや使い古しの衣類を待っているという記事を読むのは、あまり愉快なことではない。こんな状況では、たとえ物はあっても、「まともな」クリスマスなど祝えたものではない。

だが、一九四七年か八年あるいは四九年まで待つとしても、いずれはその時がやってくる。そしてそうなった時には、菜食主義者や禁酒主義者の、胃壁がこうむる害についての、陰気な声のお説教などは願い下げにしたい。お祝いをするのはそれ自体が目的で、べつに胃壁への効用を考えてのことではないのだ。と言っているあいだにも、クリスマスはやってくる。とにかくもうそこまで来ているのだ。サンタクロースはトナカイを駆りたてているし、郵便配達はクリスマスカードでふくらんだ重い鞄によろめきながら家から家をまわり、闇市は沸きかえっていて、イギリスは七千籠をこえる宿り木をフランスから輸入したという。というわけで、来年は読者が昔どおりのクリスマスを祝えるように祈ると同時に、今年は七面鳥は半分、ミカンは三つ、それにウィスキーは法定価格の二倍以下のものでやってもらいたいと言っておこう。

（『トリビューン』一九四六年十二月二十日号）

暖炉の火

急造の簡易住宅時代はまもなく終わって、イギリス全土で永久住宅の建設が大々的にはじまることだろう。

そうなれば、どんな暖房器具をとりつけるかを決める必要が出てくるはずだが、数は少なくても声は大きい少数派が、石炭を使う旧式な暖炉は廃止しろと言いだすことは、いまから目に見えている。

この少数派は、金属パイプを使った椅子とかガラス板をのせたテーブルなども礼讃して、手間がはぶけることばかり目標にするから、きまって石炭はむだだ、汚い、手間ばかりかかると言いたてる。石炭をいれたバケツを二階へひきずっていくのは面倒だし、毎朝石炭の灰をかきだすのはぞっとする仕事だと言いたてるばかりか、イギリスの都市の霧が濃くなるのも、何千という煙突から出る煙が原因だと言うだろう。

これはすべてまったくそのとおりだが、手間のことばかり考えずに生活という観点から考えれば、大したことではないのである。

わたしも、暖房には石炭だけを使えと言うつもりはない。ただ、一つの家庭には最低一箇所、家族が囲んですわれる裸火の暖炉がなければいけないと言いたいのだ。イギリスのように寒い国では暖をとれるものなら何でもありがたいのは当然で、理想を言えば、どこの家庭にも、さまざまな種類の暖房器具がついているのがいちばんなのである。

仕事場には、セントラル・ヒーティングが最高である。これなら放っておいても大丈夫だし、部屋全体が均等にあたたまるから、椅子、机など家具類の置きかたも、仕事の必要にあわせて変えることができる。

寝室には、ガスか電気がいちばんである。お粗末な石油ストーブでもけっこう暖まるし、これには持ちはこべるという利点もある。冬の朝など、洗面所へ石油ストーブを持ちこめれば非常に助かるのはまちがいない。だが生活する部屋となれば、やはり石炭を燃やす暖炉しかない。

暖炉の第一の大きな長所は、部屋の一隅しか暖まらないので、否応なしにみんなが仲良く一箇所に集まってしまうという点にある。わたしがこれを書いている今夜も、何十万ものイギリスの家庭で、そういう光景が再現されていることだろう。

暖炉の一方の端にはお父さんがすわって夕刊を読んでいる。その向かいにはお母さんがすわって編み物をしている。暖炉の前の敷物には子供たちがじかにすわって、双六をやっている。炉格子のすぐそばには、犬が火傷でもしそうな格好で寝ころんでいる。心あたたまる光景だし、いい思い出になるではないか。そして、家族制度という制度が存続するかどうかの可能性は、想像以上にこういうことにかかっているのだ。

第二は、火そのものが子供にたいして持っている、つきない魅力である。火というのは、二分と同じ形をしてはいない。真っ赤になった石炭の中心をじっと見ていると、こちらの想像力しだいで、洞窟が見えたり、サラマンダー〔伝説の火トカゲ〕のいろいろな顔が見えたりする。親に叱られずにすむなら、火搔き棒を真っ赤になるまで焼いてから格子にはさんで曲げてみたり、火の上に塩を撒いて炎が緑色になるのを眺めたりして、遊ぶこともできるのだ。

これに比べたら、ガス・ストーブや電気ストーブはもちろん、無煙炭ストーブでさえ味気ない。いちばんおもしろみがないのは、外見だけ石炭を積みあげた形にした、インチキな電気ストーブである。こんな真似をすること自体、本物の火のほうがいいことを認めている証拠ではないか。

暖炉が、わたしの言うとおり団欒《だんらん》を深める役に立って、とくに幼い子供たちにとって貴重な美しさを持っているとしたら、手数をかけるだけの値打ちはあるのだ。

むだが多くて、散らかりやすく、余計な手間がかかるのはまちがいない。だが、そんなことなら、赤ん坊だって同じではないか。要するに、住宅設備というのは、単なる能率という観点だけで考えずに、それがもたらす楽しみとか、心の安らぎなども考慮すべきものなのである。

電気掃除機は、箒《ほうき》や塵取りを持ってまわる退屈な仕事をはぶいてくれるからいい。金属パイプでできている椅子は、部屋のあたたかな雰囲気を損なうだけで、たいして快適になるわけではないから、よくないのだ。

現代文明は、何でもいちばん早ければいいとばかり考えたがる。ベッドをあたためるにも、長い柄の先につけた鍋のような形の金属容器に石炭をいれて、それでシーツをこするという、あの趣のある温め器は姿を消して、じとじとして不愉快な湯たんぽがこれに代わってしまった。それもただ、旧式の温め器は二階まで持っていくのが面倒だし、毎日磨かなくてはならないからというだけで。

「機能的」ということしか考えず、家中の部屋を、どこもかしこも刑務所のように寒々と清潔で手間のかからないものにしたがる人がいる。家というのは生活の場なのだから、部屋に応じていろいろ変えなくてはいけないのに、そういうことを考えない。台所には能率、寝室にはぬくもりが必要だとすれば、居間には暖かな雰囲気が必要なのであって、そのためにはイギリスの場合、年に七か月くらいはふんだんに石炭を焚く必要があるのだが。

暖炉にいろいろ欠点があることは否定しない。それも、さいきんのように新聞が貧弱になった時代にはなおさらである。熱烈な共産主義者のなかにも、『デイリー・ワーカー』ではサイズが小さくて焚きつけにならないというだけで、やむをえず節操を破って資本主義陣営の新聞をとっている人がたくさんいる。

石炭には、また、朝もすぐには火がおきないという欠点もあるが、いずれ新しい家が建つ時代がきたら、どの家庭でも、暖炉には昔「火おこし」と呼んでいたものを備えつけることにしたらどうだろう。持ちはこび自由のこの金属板で風をおこすのだ。このほうが、ふいごなどよりずっと役に立つ。

だが、どんなに貧弱な火だろうと、たとえ顔は煤だらけになり、しじゅう搔きたてていなくてはならない火だろうと、ないよりはましなのだ。

ちがうと言うなら、アーノルド・ベネットの『当世人気男』に出てくる能率第一の男の家族のように、金ピカのラジエーターを囲んで過ごすクリスマスの味気なさを考えてみればいい。

（『イヴニング・スタンダード』一九四五年十二月八日号）

家の修理

このところ、一、二か月前にパイロット・プレスから出たピーター・ハノット氏の『日曜大工』を読んでいる。家の修理法をあつかった本はたくさんあるが、これだけいいものにはめったにお目にかかったためしがない。著者はほとんど使い物にならない家をゆずりうけて、自分の手で住めるように修理をしながら苦労して経験をつんだのである。したがって、あつかっているのは現実に起こる問題ばかりで、わたしの手元にあるもう一冊の本のように、電気設備のことなどおかまいなしにヴェネシャン・ブラインドの修理法を書くような真似はしない。去年一年に苦労した家のなかの修理についてあたってみたが、出ていないものは一つもなかった。ただし鼠だけはべつで、これぱかりは装飾や修理の項を見てみても出てくるはずもないのだが。それに説明も簡単なら、挿絵もいきとどいていて、いま道具や材料を手にいれる困難についても配慮されている。

だがもっと大きくて網羅的なこの種の本、つまり家庭内で考えられるあらゆる仕事をアルファベット順に列挙した、辞書か百科事典のようなものがあってもいいと思う。そうすればビートン夫人の料理書でマディラ・ケーキ〔スポンジ・ケーキの一種〕とかウェルシュ・レアビット〔溶かしたチーズをかけたトースト〕の項目を探すときのように、安心して「蛇口」とか「水漏れの修理」「床板」「きしみの原因」といった項目を探せるだろう。昔は、鋲《びょう》打ちの金槌を持っていたりポケットにロール・プラグをつめこんでいたりする日曜大工はただの変わり者と見られて、友達からはからかわれ、女たちには嫌われたものだった。だが、今では自分で修理しなければならないのに、たいていは手も足も出ないのがふつうなのである。いい例が、窓を上下させる吊り紐が切れたのを修理できる人など、どのくらいいるだろう。

ハノット氏が指摘しているとおり、もっと家の建て方を工夫すれば、いまおこなわれている修理はかなり不要になるか、ずっと簡単になるのである。電気の安全器を手のとどくところに設置するといった簡単な配慮だけでも、うんと手間がはぶけるだろうし、余分な材料を使ったり、やりかたを大幅に変えたりしなくても、棚を吊るのにみじめな思いをしなくてもよくなるはずなのだ。人から聞いた話だと、いま建てる家では水道管の配管はぜったい凍らないようになっているというが、そんなことはありえない。どこかに思いがけない故障が出て例年どおり凍ることは確実なのだ。水道管の破裂はマフィンや焼き栗と同様イギリスの冬にはつきもので、もしシェイクスピアの時代にも水道管があったなら、『恋の骨折り損』の最後の歌にも出てきたにちがいないのである。

まだよろこぶには早いけれど、いまのところ、今年の凍結現象はどうやら一九四〇年にくらべればましらしい。あの年にはわたしの住んでいた村は完全に雪に閉ざされてしまって、一週間かそこら外出することもできなければ食料をつんだ車が入ってこられなかったばかりか、村中の水道も井戸もすっかり凍ってしまって、幾日ものあいだ、水といえば溶かした雪しかなかったのだった。やりきれないのは、降った直後は別にして雪がいつでも汚いことである。これは、人里を何マイルも離れたアトラス山脈のてっぺんでも同じだった。汚れを知らないかに見える万年雪も、近づいてみれば汚れがはっきりわかるのである。

（『トリビューン』一九四七年二月七日号）

食器洗い

山のような食器を洗うたびに、わたしは呆れている。海底旅行もできるし雲のなかを飛ぶこともできる時代に、汚くて手間ばかりかかるこの仕事を毎日の生活から追放する技術はいまだに見つからないのだ。何という想像力の乏しさだろう。ざんねんながらいまは閉館中だが、大英博物館の青銅器時代室へ行ってみれば、家事用の道具のなかには三千年間ほとんど変わっていないものがあることがわかるはずである。たとえばシチュー用の深い鍋、あるいは櫛《くし》などは、ギリシャ軍がトロイを包囲していた時代とまるでそっくりなのだ。同じ年月のあいだに、水漏れのするガリー船は五万トンの客船へ、牛車は飛行機へと進歩したというのに。

家族の数もごくわずかで家事の手間がはぶける近代的な家なら、食器洗いのような仕事にかかる時間も、たしかに昔よりはずっと減っているのだろう。粉石鹼があって、お湯もたっぷり出るし、皿を乾かす台もあれば、台所の照明はあかるく――さらに、イギリスの家庭ではきわめて珍しいものだが――簡単なゴミ処理装置まであるのなら、ロウソクの光をたよりに石でできた穴だらけの洗い場で銅の皿を砂でごしごし磨いていた時代にくらべれば、ずっと楽かもしれない。だが、たとえば魚を料理したフライパンを洗うような仕事はもともと嫌なものだし、皿を拭くふきんやお湯の入っている盥《たらい》と格闘する厄介な仕事は、第一、信じがたいほど原始的である。いまわたしが住んでいるアパートも一部分が居住不能になっているが、これは敵の空襲のせいではなく、雪が積もったために屋根が漏って天井のしっくいが落ちてくるからなのだ。珍しい大雪が降るたびにかならずこういう災難が起きるのは、常識ということになっている。三日間は水道管まで凍ってしまって水が出なかった。これも当然のことで、ほとんど年中行事にひとしいのだ。しかも、新聞によると、破裂した水道管の数があまり多いために、修理には一九四五年の末までかかるだろうということだ。そのころにはまた大寒波がやってきて、水道管もまた破裂するのではないだろうか。戦争技術の進歩も家事労働の進歩と足なみをそろえていたとするなら、人間はいまだに火薬を発見したかしないかという段階にいたことだろう。

話を皿洗いにもどそう。箒や、雑巾、はたきを使う仕事とおなじで、これはもともと非創造的、かつ人生を浪費する仕事なのだ。料理や造園とはちがって、この仕事が芸術になることはない。ではどうすればいいか。まあ、家事労働というやつの解決策は三つしかない。一つは生活を思いきって簡素化すること。もう一つは遠い昔の祖先のように、この世の生活は本来みじめなもので普通の女が三十にしておさんどんに成り下がるのは当然とあきらめること。三つ目は、輸送や通信に払ったのと等しい知的な努力を、家の中の合理化にも払うことである。

第三の選択肢をとるのが、普通ではなかろうか。ひたすら手間をはぶくことを心がけて、家の設計も機械とおなじくらい徹底的なものにすれば、一戸建てでもマンションでも、家事労働の必要はほとんどない、暮らしよいものを考案することはできる。セントラル・ヒーティングとダスト・シュートをつけ、あまり煙を出さないようにして、隅のある部屋をつくらず、ベッドは電気で暖め、カーペットは取りはずしてしまえば、生活は一変するだろう。それでも食器洗いとなると、洗濯業の場合のように共同でやる以外、解決法はありそうにない。毎朝、市のトラックが一軒一軒まわってきて汚れた皿の入った箱を運びだし、代わりに(むろん、それぞれのイニシアル入りの)きれいな皿の入っている箱を手わたす。これなら、戦前におこなわれていた毎日のおむつのサービスに比べても、それほど苦労せずに実行できるだろう。そうなると、いまでも一日中洗濯だけしている人がいるのとおなじように、一日中皿洗いだけしている人が出るようになるかもしれないが、社会全体として節約できる労働力と燃料は、膨大なものになるだろう。選択肢は二つ、これからも汚れたふきんをいじりつづけるか、紙の食器で食事をするかの、どちらかである。

（『トリビューン』一九四五年二月九日号）

住宅問題　ローレンス・ウルフ著『ライリー・プラン』書評

住宅改造をめぐるライリー・プランは大論争を惹起したが、この計画はただ、文化的伝統や「自分の家」を持ちたいという庶民の願いを完全に犠牲にすることなく、普通の既成市街地につきもののゴミ、騒音、余計な労力、孤独感などをなくそうというだけのものなのである。このプランをつよく支持する著者は、計画全体の社会的・心理的な影響をくわしく分析している。推進者のサー・チャールズ・ライリーも序文を寄せているが、自分の弟子が指摘しているような広範な結果は予測もしていなかったと告白する彼には、木馬にまたがっているつもりだったのに気がついてみたら一角獣だったという人間に似た趣きがないでもない。

ライリー・プランでは、大部分の家は道路には接しないで緑地をかこんで建設される。ライリー式の一単位は、五箇所か六箇所の緑地をかこむ二百五十戸の家から成り、緑地はほぼ楕円形。それぞれの緑地をかこむ戸数は三十から六十である。各単位はそれぞれコミュニティ・センター、保育園、ショッピング・センター、レストラン、食料センターをそなえて、完全な自給自足になっており、その中を幹線道路をとおす必要もない。住宅は緑地をかこんで細長いブロックを形成し、各戸の裏は小さな庭になっていて、玄関は緑地に面している。「地域暖房」が完備していて、二十四時間お湯が出るし、ゴミは吸入方式で処理する。一戸建てもフラットもあるが、キッチンはついている家といない家があって、キッチンのない家を選んだばあいは、すべての食事を真空容器で食料センターから配達してもらうことができ、ミルクのように戸口の階段に置いてもらって、あとで汚れた容器を同じ方式で回収してもらう。町は、必要とスペースに応じてライリー式の単位を組み合わせていくことにより、建設できる。もちろん大きな町のばあいは独立したショッピング地区と行政地区が必要になろうが、この計画の基本的なアイデアは、町を分割して人口各千人の、それぞれ自給自足のコミュニティ——実質的には村をつくろうということである。もし現実に実行できるなら——著者ウルフ氏によれば、この改造計画はふつうの方法よりも安くて早いという——このプランが長所に富むことはあきらかである。近くに昼間子供を預かってくれる保育所があり、「地域暖房」もあれば、安い食品がコミュニティ・センターでいつでも買え、騒音と交通事故の心配がない（このプランに基づいた町なら子供がぶらぶら自動車道路へ出ていく危険もないだろうが）と、これだけ条件がそろえば、家庭の主婦たちは大幅に余計な労働から解放されるだろう。真ん中に緑地があれば社交の機会がふえることはまちがいないし、コミュニティ・センターの対象となる人口がせいぜい約千人といった細かい点も重要で、これなら全員が顔見知りになれるだろう。緑地があって運動場が近く、煤煙もなく、常時お湯が出るとなれば、健康で清潔になり、子供たちはしじゅう家庭にいて小言を言われたり甘やかされたりしていないで、同年輩の子供たちとのつきあいのなかで育っていくことになるだろう。こういう社会なら、むだな労働も病気も無知も現在より減り、結婚の時期は早まって出生率は高まり、犯罪もノイローゼも減るだろうと著者が言うのも、とうぜんかもしれない。だが、話はそれだけですむだろうか——！

この著者にとっては、ライリー・プランは、著者自身が「孤立主義」と呼ぶものを正面から攻撃するための契機なのだ。この孤立主義とは単に大都市の生活の混沌と無目的を指すのではなく、自分の家庭を守って人とは交際しないという、イギリス的伝統そのものを指すのである。こういう孤立主義の傾向がさいきんつよまっているという著者の指摘はおそらく正しいし、建築業組合が自家所有を促進したためにこの傾向がつよまったという指摘はぜったいに正しい。戦争直前にも、四百万にたっするイギリス国民が自家を所有するか買うかしてはいたのだが。公共施設もろくにない小家族単位の生活では、家庭の雑用はとうぜんふえて、平均的な女性は、不便な台所で一日に六、七人分の食事を用意し、だいたい二人はいる子供の世話をしているうちに、三十歳で中年になってしまう。著者が描きだすイギリス像は、世界一労働過重で、貧困で、犯罪と病気に悩まされている国である。だが著者は、今世紀の社会の変化がほぼ自分の擁護する方向に向かっている事実にはふれない。

イギリスにおける生活は、以前より「孤立主義的」にはなっていても、同時にはるかに快適になり、苦労は減っているのだ。三十年前にくらべれば、人びとは体格がよくなって体重がふえ、寿命がのび、労働時間は減り、食事の量も娯楽費もふえて、家庭の設備も親の代には想像もできなかったほど恵まれているのである。著者の用いている基準をほぼすべて適用して測ってみても、大部分の国民の暮らしは一九三九年には一九〇九年よりはるかに向上していて、戦争は国民の「実質的」所得を減らしはしたものの、これは同時に以前より大きな平等を実現させたのである。これは昔を知っている人ならだれにでもわかることだが、数字をあげてみてもいい。本書との併読をすすめたいのは、ついさいきんゴランツ社から出た、マーク・エイブラム著『イギリス国民の状況・一九一一―四五年』である。これを読めば国民の体位の向上は疑いようがない。だが同時に、数字から推測できるところでは、以前より幸福になったわけでもなければ生きがいができたわけでないこともわかるのである。著者が嘆いている出生率の低下は、物質的な水準の向上と同時に起こったのであって、さいきん出た世論調査の報告書『イギリスと出生率』は、二つの現象が直結していることを証明していると言ってもよさそうだ。

現在の動向を変えるのに必要なのが目的意識の向上であることはあきらかで、そのためには国民を旧式な孤立した家庭からひっぱりだし、労働は軽減できるがプライバシーを大幅に失う集合住宅に移すだけで足りるかどうかとなると、これは疑わしい。当然のことながら、著者は家族を破壊したいとは思わないと言っているものの、彼の好きなさまざまな技術革新は、そういう結果を招きそうなものばかりである。とくにキッチンのない家にはご執心で「ごたごたした、高価なばかりでむだの多い道具は撤廃したい」と言う。キッチンのない家庭は「ずっと美しくて住みよくなるだろう」と。「中型のスーツケースのような形の」真空容器で配達される食事は「寒い季節に、しかも階段に放置されていても、何時間も冷めない」。腹がへったときにドアを開ければ、そこにあるというわけだ。食べたい食事を選べるかどうかは書いてないが、たぶん選べないのだろう。むろん、食器はいつも他人のものを使うわけだが、これは食事と食事のあいだに消毒されるから問題ない。

こういうものの持つ欠陥に、くどい説明はいらないかもしれない。肝心なのは、著者が同情している労働過重の主婦までふくめて、まずだれもがこういう未来図には尻ごみするだろうということである。ギャラップ世論調査があきらかにしたところでは、セントラル・ヒーティングを望んでいる人さえ比較的少数なのだ。それどころか、目下の最大の関心事は、家を建てることと、まだ住めるところは壊さないことなのである。

だが、いずれは全地域の改造が可能になるだろうし、その場合はいよいよ、旧式の家と旧式の住宅配置を残すべきかどうかの決断をせまられるだろう。この問題はきちんと論じられていないから、いささかおかしな本能にたよらざるをえない。職場の近くには住みたいのに、一戸建ての家に住みたがってマンションは嫌う。保育園も診療所も欲しいのに、プライバシーを大事にしたがる。仕事の手間は省きたいのに自分で食事をつくりたがり、他人が選んで真空の容器で配達してくれるものは嫌がる。心の底の本能が、現代の世界で国家から逃れられる唯一の逃避所となっている家庭を壊すなと警告するからだが、そのあいだにも機械時代のさまざまな力はじりじりと家庭を破壊しつづけているのである。そこで人びとは、自分たちの文化が滅びていくのを眺めながら、真っ白に塗った階段とか裸火の暖炉のようなくだらないものにしがみつくという、筋のとおらない真似をすることになるのだ。

ライリー・プランでさえ、どの住宅単位にも古い文化の残骸は教会のような形でのこっている。しかもこの本に出ているスケッチから推《お》すと、教会の様式はゴシックになるらしい。本書の著者だけでなく、だれ一人考えていないにひとしい問題は、そもそもわれわれがこの世に生きているのはなぜなのか、そしてさらにその先にある、どんな人生を送りたいのかという問題である。しかし、この問題への答えが出るまでは、住宅問題への答えも出るはずはなく、ただ原爆が解決してくれる日を待つばかりということになるのではないだろうか。

(『トリビューン』一九四六年一月二十五日号)

クリケット　エドマンド・ブランデン著『クリケット・カントリー』書評

話がクリケットとなると賛成派も反対派もそろって熱くなるが、さいきん優勢なのは反対派のほうである。クリケットには、ふんぞりかえっている例の人物「ブリンプ」〔マンガから生まれた、旧弊な保守的政治思想の持ち主〕のスポーツというレッテルがくっついている。何となく、シルクハットに、パブリック・スクールの表彰式、フォックス・ハンティング、サー・ヘンリー・ニューボルト〔一八六二―一九三八。海軍が中心の愛国主義的な作品を書いた〕の詩、といったものを連想してしまうのだ。左翼作家からは弾劾の的にされているが、これはクリケットを金持ちのスポーツだと曲解しているからにすぎない。

一方には、「ビーチコーマ」〔J・B・モートン。『エクスプレス』紙のコラムニスト〕と、「ティモシー・シャイ」〔D・B・ウィンダム・ルイス。『ニューズ・クロニクル』紙のコラムニスト〕というきわめて激しい敵もあって、彼らはクリケットをワーズワースやウィリアム・ブレイク、議会政治などとならべてイギリス的制度として軽蔑することこそ自分たちの義務だと思っている。しかし、クリケットの人気がやや衰えてきた理由は悪意や無知以外にもあるのであって、そのいくつかは、ブランデン氏の雄弁なクリケット擁護論の行間からも読みとることができる。

ブランデン氏は、本物のクリケット好きである。本物のクリケット好きかどうかの分かれ目は、「お上品な」クリケットより田舎のクリケットが好きかどうかにある。ブランデン氏の好みは、どうやら田舎のクリケット場と州営クリケット場の中間といったところらしく、クリケット界の有名人には相応の敬意をいだいていて、要所要所でそういう人物の名が顔を出す。氏は年齢も年齢だけに、インド出身の名選手ランジトシンジイ〔一八七二―一九三三〕の有名な脚の妙技も見ているし、以来一流の試合の観戦は欠かさず、イングランド、オーストラリアの名選手はすべて見ている。しかし、ブランデン氏のいちばん懐かしい思い出がすべて田舎のクリケットであることははっきりしていて、それも、田舎の地主貴族レベルのクリケットでさえないのだ。地主貴族レベルの場合は、たいてい全員が白いズボンを穿いて脚には脛《すね》当てというのが当然ということになっているが、そういうのではなくて、プレーする全員がズボン吊り姿。試合の途中に急ぎの仕事で鍛冶屋が呼び出され、そろそろ暗くなってくるころ、四点打の打球が境のところにいた兎に当たって死んだりするといった、のんびりした田舎ゲームなのである。

　クリケット好きという点では、ブランデン氏は文学者のなかにもいくらでも仲間を見つけることができて、すくなくとも十一人は詩人や作家をあげられると氏は言う。バイロン（パブリック・スクール、ハロウ校の選手だった）、キーツ、ウィリアム・クーパー〔讃美歌の作者としても知られる。十八世紀〕、アントニー・トロロープ〔十九世紀の小説家〕、フランシス・トムスン〔同じく宗教詩人〕、ジェラード・マンリー・ホプキンス〔同上〕、ロバート・ブリッジェズ〔現代の詩人〕、ジーグフリード・サスーン〔現代の詩人、作家〕——こういう連中が、みんな仲間なのだ。ウィリアム・ブレイク〔十九世紀初めの神秘主義的な詩人〕も入れてもよかったかもしれない。田舎のクリケットでしじゅう起きる出来事にふれた、断片的な詩を書いているのだから。しかし、ディケンズ〔十九世紀の代表的小説家〕をクリケット好きに数えているのは、おそらくまちがいだろう。ディケンズでクリケットが出てくるのは、たった一回『ピックウィック・クラブ遺文録《ペイパーズ》』のなかだけで、しかも、そこを読めば彼がクリケットのルールを知らなかったことは歴然としているのだから。だが、本書のいちばんの本質は——これはブランデン氏の書くものすべてにあてはまることだが——一九一四年以前の、その後の世界では望むべくもない、平和な黄金時代への郷愁である。

　彼の詩に、こんな有名な言葉がある。

かつては若く、いまも老いぼれてはいないわたしは、
正義の人が見捨てられ、
富も名誉も、才能まで、奪われるのを見てきた。
こんなはずではなかったのに、

まるで、全ヨーロッパが独裁者たちに握られてしまったあとで書かれた詩のようである。ところが、これは一九一四年―一八年の戦争、ブランデン氏の生涯の大転換点を歌った詩なのだ。この戦争は、若い日の氏にはおなじみののんびりした世界を粉砕してしまい、クリケットも、氏が悲しく追想しているとおり、二度とそのころにはもどらなかったのである。

いろいろな理由が重なって、クリケットは人気を失った。まず第一に、人生がますます忙しくなって都会化がすすんでくれば、緑の芝生と暇な時間がたっぷり必要なゲームはむりになる。さらに、一流のクリケットが退屈なことは、だれでも知っているのだ。ブランデン氏も、さいしょの投球が二十回もつづくような場合もけっしてめずらしくなく、攻撃側の打手が得点するまでに一時間もかかるようなゲームには、世間なみにうんざりしている。だが、あまりにも完全な芝生を要求し、打率を重視しすぎれば、こういう結果になる

ことは目に見えているのだ。しかも、すくなくとも大人のあいだでは、ゴルフとローン・テニスがある程度クリケットにとってかわったという事情もある。これが不幸であることは、疑いない。ゴルフやテニスは、美的な観点からもはるかにクリケットに劣るだけでなく、すくなくとも、かつてのクリケットが持っていた、人びとを社会的に結びつける力には欠けているからだ。

ブランデン氏もきちんと指摘しているとおり、クリケットは、これを非難する側が言うような本質的に上流志向のゲームなどではない。試合が成立するには二十五人が必要だから、当然いろいろな階級の人が混じる結果にもなるのだ。本質的に上流志向のゲームはゴルフのほうで、こちらは田舎のひろびろした土地を、特定階級の厳重に警備された領分に変えてしまうのである。

だが、クリケットの人気が落ちた理由には、もう一つもっともなことがある。これはブランデン氏も指摘していないことだが、あまりにも相手かまわずに強制したのがいけなかったのだ。クリケットは長いあいだ、英国人ならだれもが義務として務めなくてはならない宗教的儀式のような扱いをうけてきた。天文学的な得点をあげながら果てしなくつづく国際的なクリケットの優勝決定戦があらゆる新聞の大見出しになり、夏がくれば何万という少年が、好き嫌いに関係なく退屈きわまるゲームの練習を強制されたのである。しかも、これは過去の話ではない。そういう結果になるのも、クリケットには、好きか嫌いか、才能があるかないかによって分かれる、特別な性格があるからである。他のスポーツとはちがって、さいしょからそれに向く才能がないと、おぼえられないのだ。これでは大規模な反乱が起こるのもむりはない。

ちかごろでは、子供たちにしても、昔ほどクリケットはやらない。ほんとうに国民生活のあいだに根をおろしていたのは、これが自発的でいいかげんなものだった時代なのである――いい例が『トム・ブラウンの学校時代』〔T・ヒューズの小説。一八五七〕に描かれている当時のラグビー校、あるいはゴツゴツした三柱門など使った村の試合がおこなわれていた時代であって、ブランデン氏がいちばん懐かしがっているのは、こういう思い出なのである。

クリケットは今後もつづくだろうか。他にも対決せざるをえない競争相手があるにもかかわらず、ブランデン氏は大丈夫だと信じているし、われわれもそれを期待したい。嬉しいことに、この本の終わりのほうには、氏が戦争中にも暇をみつけてイギリス空軍チームと一、二回、試合をまじえた話が出てくる。この本には、クリケット以外にも心を打たれるところがたくさんある。それは、氏の心の底を動かしているのが、試合そのものより周辺の自然だからかもしれない。氏は、味方が攻撃側になっているときにも、ふらふらと村の教会を見にテントから出ていって、昔の変わった墓碑に出くわすといったタイプのクリケット好きなのである。

本書には、ところどころ書きすぎの箇所もないではない。それは、ブランデン氏が、酒を断れない人とおなじように引用をあきらめられないせいなのだが、この本は読むのは楽しく、平和というのは単に銃火が一時的にやむ以上のものだということも、思い出させてくれるのである。

（『マンチェスター・イヴニング・ニューズ』一九四四年四月二十日号）

スポーツ精神

ダイナモ・サッカー・チーム[*1]の短期訪問も終わったとなれば、そろそろ、このチームが来る前に多くの心ある人たちが内輪で話していたことを公表してもいいだろう。つまり、スポーツというのはかならず憎悪の原因になるもので、この種の訪問が英ソ関係に何か影響をおよぼすとすれば、やや悪化させるだけだろうという話である。

新聞でさえ、四試合のうちすくなくとも二試合は激しい悪感情を引きおこした事実は隠せなかった。アースナルとの試合では、ある目撃者によればイギリス人選手とロシア人選手のあいだで一対一の殴りあいが始まり、観客がレフェリーを野次ったという。また、これは別の人から聞いた話だが、対グラスゴー戦は始めから摑み合い同然だったという。そしてその後では、いかにもこの民族主義の時代にふさわしく、アースナル・チームの構成をめぐって、あれはロシア側が言うようにほんとうに全英チームだったのか、イギリス側の言うように単に一リーグのチームだったのかという論議が沸きおこったのだった。それにダイナモ・チームが旅行を途中で急に切りあげたのは、全英チームとの対決を回避するためだったのか？　例によって、その答えにはすべて、それぞれの政治的偏見がからんでいる。だが、完全にすべてというわけでもない。これもサッカーが意地のわるい気持ちを引きおこす好例だが、親ソ的な『ニューズ・クロニクル』のスポーツ記者が、アースナルは全英チームではないという、反ソ的な立場の発言をしたのは興味津々だった。この論争が、何年もあとまで歴史書の脚注をにぎわすことはまちがいない。しかし、ダイナモ・チームの訪英に何か成果があったとするなら、それは両国間に新たな敵意が生まれたということだけだろう。

また、これは当然なのである。わたしは、スポーツは国際的な友情を生むとか、全世界の民衆がサッカーかクリケットの試合で出会えるなら戦場で会おうとは思わなくなるだろうといった話を聞かされるたびに、毎度呆れている。（たとえば一九三六年のオリンピックのような）国際的なスポーツの試合が憎悪の狂宴と化した具体的な例など知らなくても、その程度のことは一般論でも推測できるではないか。

今日おこなわれているスポーツは、ほとんどが競争である。プレーするのは勝つためであって、勝つために全力をつくさなければゲームにはほとんど意味がない。村のグラウンドの場合なら、二手には分かれていても愛郷心などからんではいないから、ただの楽しみや運動のためにプレーもできる。だが威信がからんで、負ければ自分なり何かの組織なりが面目を失うという気持ちになると、とたんに野蛮きわまりない闘争本能をかきたてられるのだ。そのくらいのことは、学校のサッカー試合くらいしか出たことのない人にもわかるはずで、国際的な試合となったら、スポーツはまさに模擬戦争そのものなのである。だが、重要なのは選手の態度ではなく、観客の態度とさらにその背後にある国家の態度であって、国家こそ、彼らをこういうばかばかしい試合に熱狂させ、走ったり、跳んだり、ボールを蹴ったりすることが国家の価値をきめるのだと、短期間にせよ、まじめに信じているのである。

クリケットのように力より品位を重んじるのんびりしたゲームでさえ憎しみの原因になりうることは、ボディライン・ボウリング〔三柱門の、打者にいちばん近い柱を狙う投球法〕や、一九二一年に訪英したオーストラリア・チームの乱暴な戦術が原因で起こった論争を見てもわかる。サッカーのように、全員が怪我もするし、どの国にも外国から見ればフェアでないと思えるプレーの仕方があるゲームの場合は、さらにいけない。最悪なのはボクシングで、さまざまの人種がまじった観客の前でおこなわれる白人と有色人種のボクサーの試合くらいひどいものは世界中でもすくない。しかし、ボクシングの観客というのは例外なく不愉快きわまる人種であって、とくに女性の観客のひどさにいたっては、たしか陸軍では女性の観客には入場を許していないほどである。とにかくわたしには、二、三年前に国防市民軍と正規軍のあいだでボクシングのトーナメントがおこなわれたときに、女性は締めだせという命令を受けてホールの入口で警備にあたった経験がある。

スポーツにたいする執念はイギリスでも相当ひどいが、これがスポーツもナショナリズムもまだ充分成熟していない新興国となると、感情はさらに激しくなる。インドやビルマのような国では、サッカーの試合があるときには警官が強力な非常線をはって、競技場になだれこもうとする群衆を阻止しなければならないのだ。ビルマでは、いよいよというときに一方のファンの観客が警戒線を突破して、相手のゴールキーパーをのしてしまうのを見たことがあるし、十五年くらい前には、スペイン初の大きなサッカーの試合が手のつけられない暴動に発展したこともあった。ルールを守ろうという考えなど、激しい敵対意識が湧いたとたん、かならず消えてしまうのだ。観客は一方が勝って一方が負けるのを見たいだけで、インチキや群衆の介入によって得られた勝利では無意味だということなど考えはしない。実力行使には出ないまでも、自分の側には声援をおくり敵側は野次りたおして、試合を「揺さぶろう」とする。真剣なスポーツはフェアプレイとは無縁で、かならず憎悪や嫉妬、自慢、ルール無視、暴力を目撃するサディスティックな快感などがからむのだ。

つまり、鉄砲抜きの戦争なのである。

サッカー・グラウンドでの清潔で健康な対抗意識とか、世界各国の融和をもたらす上でオリンピックが果たす大きな役割といったくだらない話をならべるよりは、近代のこうしたスポーツ礼讃はなぜ起きたのか、その事情や理由を調べたほうがまだしも役に立つ。現在おこなわれているスポーツの起源は古代までさかのぼるのに、ローマ時代から十九世紀までは、スポーツはあまり真剣にあつかわれてはいなかったらしいのである。イギリスのパブリック・スクールでも、スポーツ礼讃が始まったのは十九世紀も後半になってからだった。一般に近代的なパブリック・スクールの創始者と見られているアーノルド博士〔ラグビー校の校長、批評家マシュー・アーノルドの父。一七九五―一八四二〕は、スポーツなど時間の浪費だとしか考えていなかった。ところがスポーツは、その後、主にイギリスとアメリカで膨大な観客を動員して野蛮な情熱をかきたてることのできる非常に金のかかる活動に仕立てられ、これが各国に伝染したのである。いちばん広まったのはサッカーにボクシングという、もっとも闘争的なスポーツだった。こういう動きが民族主義――つまり、個人を大きな権力組織と結びつけて、万事を威信競争の観点から見ようとする近代的な狂った習慣――の隆盛と結びついていることはまず疑いない。それに、組織的なスポーツには、一般市民はあまり体を動かさないというか少なくとも閉鎖的な生活を送っていて、創造的な労働の機会にめぐまれない都会で盛んになる傾向がある。これが地方ならば、青少年も、歩くとか、泳ぐ、雪合戦、木登り、乗馬、さらには魚釣りや闘鶏、イタチを使ってのネズミ狩りといった、動物虐待までふくんださまざまのスポーツで余ったエネルギーを存分に消費できる。ところが大都会では、肉体的エネルギーやサディスティックな衝動の捌《は》け口を見つけようとすれば、集団的な活動を楽しむしかないのだ。ロンドンやニューヨークで重視されているスポーツは、昔はローマやビザンチュムでも重視されていたのだった。ところが中世には、スポーツはあったし、もっと野蛮なものだったにちがいないにもかかわらず、それは政治とは結びつかず、集団的憎悪の原因にもならなかったのである。

現代の世界にすでに存在する膨大な悪意の量をさらにふやしたければ、ユダヤ人対アラブ人、ドイツ人対チェコ人、インド人対イギリス人、ロシア人対ポーランド人、イタリア人対ユーゴスラヴィア人対抗の、一連のサッカーの試合をおこない、どの試合もさまざまな人種のまじった十万の観客に見せるのが一番だろう。むろん、スポーツが国際的対立の大きな原因の一つだなどと言うつもりはない。大規模なスポーツは、それ自体で、ナショナリズムを生んだ諸原因の一つの結果にすぎないと思うまでだ。それでも、全国代表のレッテルを貼った十一人のチームを派遣して他国のチームと戦わせ、どこの国にも、負けたほうの国は「面目を失う」という気持ちを抱かせておいたのでは、事態がますます悪化することは確実である。

というわけで、ダイナモ・チームの訪英のお返しに、イギリス・チームを訪ソさせるような真似はやめてもらいたいと思う。どうしてもその必要があるのなら、負けるにきまっていて、とうていイギリス代表とはいえない二流のチームを派遣したらどうだろう。紛争の種はすでに充分あるのだから、激昂した観客の前でお互いの脛を蹴とばせなどと若者たちをそそのかして、これ以上憎悪を育成する必要はない。

(『トリビューン』一九四五年十二月十四日号)

原注

＊1　ロシアのサッカーチーム、モスクワ・ダイナモが一九四五年の秋にイギリス国内を転戦し、イギリスを代表するクラブ・チームと試合を行った。

娯楽場

数か月前の話だが、未来の行楽地について女性ジャーナリストの書いた、きれいな雑誌の文章を切り抜いたことがある。この女性ジャーナリストは、戦争の厳しさがあまり感じられないホノルルで、しばらく遊んできたのだった。「ところが、輸送機のパイロットだという人が……こんどの戦争ではじつに多くの新しい技術が開発されたというのに、ざんねんながら、疲れて人生の楽しみに飢えている男が二十四時間ぶっとおしでリラックスし、充分休息して、ポーカーも、酒も、セックスもやったあげく、またさわやかな気分で仕事にもどれるような方法は見つかっていないと言った」というのである。女性ジャーナリストはこの話を聞いて、かつてのドッグ・レースやダンス・ホールのようにそろそろ大当たりしそうな娯楽場を企画しているという、さいきん会ったばかりの事業家を思い出したと言って、この事業家の夢をかなりくわしく紹介している。

その青写真によれば総面積は何エーカーにもおよぶもので、イギリスの天気はあてにならないから、上にはスライド式の屋根をかぶせ、中央は半透明なプラスチックでできた思いきって広いダンス・フロアにして下から照明をあてる。そしてその周りに、段差をつけていろいろな施設をならべる。市内が一望のもとに見わたせるバルコニー式のバーとレストランがあり、一階には市内の複製。九柱戯場もならんでいる。水の青々したプールが二つ。一つは泳ぎが上手な人のために周期的に波を起こすようになっており、もう一つはただ水遊びをしたいだけの人用に、波はない夏の雰囲気を演出する。スライド式の屋根をあければ雲一つない空から照りつける太陽をあおげるが、それがむりな日には、プールの上にならべてある太陽灯が盛夏とおなじ雰囲気を演出する。ずらりとならんでいるベッドにはサングラスを掛けたスリップ一枚の人たちが寝ころんで、太陽光線で肌を焼いたり、すでに焼けている肌をさらに焼いたりしている。

何百という格子状のスピーカーから音楽が流れているが、これは中央にある送信用ステージと結ばれていて、そこではダンス用のバンドかオーケストラが演奏するか、ラジオ番組をキャッチしては音を拡大して流すことができる。外には千台収容できる駐車場が二箇所。一箇所は無料、もう一箇所はドライブイン方式の野外映画館になっていて、列をつくって料金支払所を通過した車がずらりとならんでいる前方の巨大なスクリーンには、映画が写しだされている。制服姿の男性係員が一台一台車をチェックしては、無料の水を配ってサービスしながら、ガソリンやオイルを売る。白いサテンのスラックス姿の女性係員もいて、これはビュッフェの注文を聞いてまわっては、トレーで配達する。

「娯楽場」とか「行楽地」「歓楽都市」といった言葉を耳にすると、かならず思い出すのはコールリッジ〔ロマン派の詩人〕の有名な詩「クビライ汗」の冒頭である。

　クビライ汗は勅令を発して、
　上都に壮大な歓楽の宮を造れと命じた。
　そこでは聖なる河アルフが、
　人には深さも測りしれぬ洞窟をくぐって
　太陽のない海へと流れていた。
　そこでは五マイルに倍する肥沃な土地に
　城壁と塔がぐるりとめぐらされ、
　曲がりくねった小川がいくつもの庭園に輝き

芳香をはなつおびただしい木々が花をつけていて
あちこちの古代からの森が
日差しを浴びている緑地をつつんでいた。

だが、コールリッジの大失敗はすぐに明らかになる。「聖なる」河とか、深さの「測りしれぬ」洞窟といった言葉を使ったために、たちまちうさんくさくなってしまったのだ。このクビライ汗の計画も、いまの事業家の手にかかればまったく違うものになってしまうだろう。洞窟はエア・コンで調整され、完璧な照明がほどこされて、もともとの岩肌は美しい色彩のプラスチックの下にかくれ、ムーア風や、コーカサス風、ハワイ風の喫茶店がならぶにちがいない。聖なる河アルフは堰《せき》とめられて人工的な温水プールとなり、太陽のない海は下からピンクの照明に照らされて、その上を、ラジオ付きのまさにヴェネツィア風ゴンドラに乗ってクルージングということになるだろう。コールリッジの詩に出てくる森や「緑地」は整地されて、ガラスドームのテニスコートや、バンドのステージ、ローラースケートのリンク、それどころか九ホールのゴルフコースまでできるのではないか。要するに「人生の楽しみに飢えた」人の望むすべてが揃うにちがいないのだ。
全世界で、これとそっくりの娯楽場が現在何百となく企画されていること、それどころかすでに建設中であることは、まずまちがいなかろう。いろいろと事件に事欠かない世界でそういうものが竣工の日を迎えるとはまず考えられないが、こういうものを見ると、娯楽についての現代の文明人の思想がじつによくわかる。この種のものは、あてていど豪華なダンスホールとか宮殿のような映画館、ホテル、レストラン、豪華客船などによって、すでに実現しているのである。観光目的のクルージング、レストラン・チェインのライオンズ・コーナーハウスなどを見れば、未来のパラダイスはかなり予想できるのだ。それを分析してみれば、主な特徴は以下のようになる。

一、一人にはぜったいならない。
二、一人ではぜったい何もしない。
三、野生の草木ばかりか、自然の世界はぜったい見ない。
四、光と温度は、つねに人工的に調節されている。
五、音楽がぜったい絶えない。

音楽が――それもできれば全員が同じ音楽を聞くのがいいのだが――いちばん重要な要素になる。その役割は、思考と会話を阻止し、鳥の鳴き声とか風の音のように、放っておけばかならず聞こえてくるはずの自然の音を遮断することにある。この目的で意識的にラジオを使っている人は、すでにいくらでもいる。イギリスの家庭ではどこでもラジオが一日中鳴りっぱなしで、ときどきいじることはあってもそれは軽音楽だけ聞くためにすぎないのだ。食事中もラジオをかけておいて声と音楽がちょうど相殺される程度の声で話す人がいるが、その目的ははっきりしている。音楽は会話が深刻なものになるのを、それどころか筋のとおったものになるのを阻止し、お喋りのほうは音楽をじっくり聞くのを阻止して、その結果、あの怖いものつまり思考が侵入してくるのを阻止しようというのである。

それというのも、

明かりは消してはいけない。
音楽がいつでも鳴っていなければいけない。
そうでないと、ぼくらは自分の境遇に気がついてしまう、
お化けの出る森で迷い
幸福もよろこびも知らず、
闇をこわがる子供であることに。

現代のもっとも典型的な行楽地が無意識のうちに目指しているのは、胎内への回帰なのかもしれない。一人ぼっちでなく、光が見えず、温度が調節されていて、仕事や食事のことを思いわずらう必要もなく、思考はあるとしても、それはやむことのないリズミカルな鼓動にかきけされている状態――胎内は、まさにそのとおりだったのだから。

これとはまったく別の、コールリッジの「歓楽の宮」に目を向けたとき、われわれが気がつくのは、その中心にあるのは一つは庭園であり、一つは洞窟、河、森、「深いロマンチックな狭間のある山」――つまり、いわゆる自然だということである。しかし、自然を讃美する思想と、氷河や砂漠あるいは瀑布を前にして感じる一種宗教的な畏怖の念は、人間は卑小な弱いものだという宇宙の力を前にして人間がいだく意識とはじめから結びついているのだ。月が美しいのは、一つにはそこに到達できないからであり、海に感銘をうけるのは、一つには無事に渡れる自信を持てないからなのである。花におぼえる喜びにしても――しかも、これは花についてなら何でも知っている植物学者の場合でも同じなのだが――一つにはその神秘感が原因なのだ。ところが同時に、自然にたいする人間の支配力は着々と増大しつつある。原爆の力を借りれば、文字どおり山をも動かすことさえできるだろう。極地の氷山を溶かし、サハラ砂漠を灌漑《かんがい》すれば、地球の気候さえ変えられるのだという。それなら軽音楽よりも鳥の鳴き声を愛して、人工の太陽灯で皓々《こうこう》と照明された自動車道路を地球上にはりめぐらせるよりも所々に多少の自然をのこしたいと望んだりするのは、いささかセンチメンタルで無知蒙昧ではないのか。

こういう疑問が首をもたげてくるのは、人間が物理的な宇宙の探究はしても、自己の探究はしなかったからである。娯楽の名で呼ばれているものは、大部分が意識を破壊する努力にすぎないのだ。まず、人間とは何か？　人間が必要とするものは何か？　どうすれば自己をもっともよく表現できるか？　こういう問題を問うことからはじめるなら、単に労働を回避して、生まれたときから死ぬときまで人工照明に照らされ、缶詰の音楽を聞きながら暮らす力など持ってみても無意味なことに気がつくだろう。人間はぬくもりと、交際と、余暇と、慰安と、安全を必要とするのである。と同時に、孤独と、創造的な仕事と、驚異を感じる感覚も必要なのだ。この事実を認識すれば、あるものが自分をさらに人間的にするか、非人間的にするかというただ一つのふるいにかけて、科学や産業主義の成果も、選びながら利用することもできるだろう。そうなれば、のんびり休息をとり、ポーカーと酒とセックスを一度にやるのが最高の幸福などではないこともわかるはずである。そして、賢明な人たちが進行しつつある生活の機械化に抱いている本能的な不安も、単なるセンチメンタルな回顧趣味ではなく充分根拠のあるものだということが、わかってくるだろう。というのも、人間が人間にとどまるためには、生活の中にシンプルなものを多分にとどめておく必要があるのに、現代の発明――とくに映画、ラジオ、飛行機――といったものの多くは、意識を破壊し、好奇心を鈍らせ、だいたいにおいて人間をますます動物に近づける傾向を持っているからである。

（『トリビューン』一九四六年一月十一日号）

晩餐の服装

二、三週間前に、晩餐会への招待状をもらった。ちょっと公式のものだったのだが「略装」という但し書きがついていた。

現在のように、たいていの人間なら「略装」と呼ぶのもおこがましいような服しか持っていないときに、こんな言葉はよけいだと思われるかもしれないが、これはむろん「タキシードは着るな」という意味だったのである。

ということは、そう注意する必要のある相手がすでにいるということで――呆れたことに、また糊《のり》でかためた礼装用のシャツでめかしてみたいと思っている人間が存在するのだ。そうなれば、とうぜん「タキシード着用随意」と書かれた招待状もまもなく来るにきまっているし、さらに劇場、ダンス・ホール、高級レストランでは、七年前にもどって憂鬱なタキシード着用が義務づけられるようになるのも時間の問題にちがいない。

いまどき、だれにしても——男なら——礼装一式を買おうと思う人間など、いるはずはない。闇の衣料切符でもないかぎり、そんなことは不可能なのだ。しかし、戦前の「ドレス」は、すべて虫に食われてしまったわけでも婦人用のツーピースに仕立てなおされてしまったわけでもなくて、またどこからともなく少しずつ出はじめたのである。

それならば今こそきっぱり、男性用のイヴニングを復活させるべきか否か、復活させるとしたらどんな型のものにするかを決断すべきときである。

イヴニング・ドレスは文明の産物だとは言える。友人の家を訪ねるとか、どこかへ遊びに行くといったときに、盛装すれば心機一転、晩だけは昼間働いているときとはまったくちがう気分になることができる。

だが戦前のイヴニングは、もっぱら女性にとって嬉しいものだったのである。女性は自分を飾るために、そしてできれば他の女性に差をつけるために、イヴニング・ドレスを欲しがる。女性の場合はそれほど金もかからないから、女性用イヴニング・ドレスは、かなり昔からほとんどあらゆる社会階層に普及していた。

ところが男にとってはイヴニングは昔から頭痛の種で、律儀に着こんでいた連中にしても、その原因はたいてい上流志向だったのである。

そもそも、男性用のイヴニングはべらぼうに高い。一式買おうとすれば——つまり、燕尾服、タキシード、黒のコート、エナメルの靴とすべてをそろえれば——戦前でも最低五十ポンドはかかっただろう。

しかも、高価な上に型は同じというのが建前であるために、いろいろくだらない細かなとりきめがあって、それを守らないと具合のわるい思いをする結果になる。タキシードに白いチョッキを着たり、燕尾服にソフトのシャツを着たり、ふつうは一つの前のボタンが二つだったり、それどころかズボンの脇についているモールの幅が広すぎたり狭すぎたりするだけでも、仲間はずれにされたのだ。

イヴニングのタイを正しく結べるようになるだけでも、何年もかかる。何から何まで鼻持ちならない上流志向の一貫した大げさなことばかりで、初心者ならだれでも震えあがってしまうし、民主的な思想の持ち主ならがまんできるはずがないものなのである。

第二に、男のイヴニングはじつに着心地がわるい。糊のきいたシャツは窮屈だし、高くてつっぱっていたカラーが汗でぐにゃぐにゃになったままで一晩中ダンスをするくらい、不愉快なことはない。

それればかりか、こういう服装は必要以上に醜悪と言ってもいい。どれもこれも黒と白だが、この配色が似合うのは、赤みのない薄い金髪か、真っ黒な黒人だけである。かと言って、ときどき大胆な男がグリーンや紫のタキシードを着ていることがあるが、これもやはり感心しない。色を変えてみたところで、現代人がふつう着ている服の型のみっともなさは、どうにもならないのである。

われわれの服のみっともなさは百年も前からの話だが、これは円筒型だけを原型にして、体の線を出そうともしなければ流れるような襞《ひだ》も使おうとしないからである。いちばん醜悪でない服は、いつでもオーヴァーオールとか、ぴたりと体に合った戦闘服のような、機能的にデザインされた服ときまっている。

それならば、着るのが楽しみで、しかも上流志向などとは無縁な型のイヴニング・ドレスを作れなかったのだろうか。

そんなことを言っても始まらない以上、それぞれが好みのものを着ることにしたらどうだろう。男がそわそわしないですむためには、あまり人と違っていない服装でないといけない。われわれのイヴニングは、まさに戦闘服のように全国共通のものにならざるをえないのではないか。これならば、将軍から一兵卒にいたるまで同じと言ってもいいのだから。第二に、安くないといけない。第三に、着て楽なことが肝心である。つまり、昼間着ている服よりはっきり楽で、くつろげるものでないとだめなのだ。

そして、さいごの条件は、見た目にきれいなことで、これは値段とは関係がない。東洋の国々では、服装に関するかぎり、どんなに貧しい農民でも最高級の服を着たヨーロッパ人より美しいのである。

もしも意識的な努力によって現代の醜悪な男性専科から逃れるチャンスがわれわれにもあるとすれば、それはまさに今——在庫品が底をつきかけている今しかない。しかし、たとえ新たに着心地のいいイヴニングをデザインするのはむりだとしても、せめてあの俗悪で、高くて、引出しをひっかきまわしては見えなくなったカラー・ボタンを探さなくてはならないような、古いイヴニングの復活だけはごめんこうむりたい。

(『イヴニング・スタンダード』一九四五年十二月二十二日号)

不作法

ミドルセックス州ヘンドンの市長が、選挙区の子供一万五千五百人にあてて、もっと礼儀ただしくとうながす手紙を出すという話を聞くと、戦後イギリスの礼儀は低下したのだろうかと、あらためて気になってくる。

市長は、低下したと考えていて、その原因は「兵士のあらっぽい訓練」に似たまねをしているせいだという。子供たちがバスのなかでも老人に席をゆずらなくなり、家庭でも靴を磨いたり使いに行ったり、手伝うことをしなくなって、せっかく一万五千人分のバッジを用意した「礼節協会」にも入らなくなるのではないかと、心配しているのだ。

責任を軍に転嫁するのはいささか不当ではないかという批判が、まっさきにだれからも出てくるのではないだろうか。むろん、兵士はあらっぽく訓練しなくてはならないが、戦闘中を別にすれば、イギリス陸軍は世界一礼儀ただしいのだから。

さいきんでは、ヨーロッパを旅行していると、かならずイギリス軍の「礼儀ただしさ」をほめられて、むしろどぎまぎするくらいなのだ。兵士たちはイギリスの外交官として、本来その仕事をするためにはるかに高給をもらっている人びとより、業績をあげたと言ってもいいほどなのである。

だが、それほど遠くはない昔に、たとえばインドとか、それどころかもっと故国に近いマルタ島やジブラルタルなどでイギリス陸軍があまり行儀のよくないまねをしていたことを考えると、どうしてもイギリス人は戦前の数年で急に行儀がよくなったのだと思わずにいられない。

わたしが知っている国々でも、盲人や外国人が道を聞いた場合、イギリス以上に親切にしてもらえる国、あるいは夜危険な場所がこれほどすくない国、また歩道からつきとばされたり、バスや列車のなかで席を奪われたりすることがすくない国は、他にはなさそうなのである。

いまのように列車が混んでいるときでさえ、座席にオーヴァーコートを置いて席をたってから十分後にもどってきてみても、席はちゃんと空いているのだ。すでに通路まで一杯になっていても、他の乗客は、先にすわった者の権利を尊重するのである。列をつくる習慣にいたっては、過去五年か十年のあいだに、心理学者が条件反射と呼ぶものになってしまった。イギリス人を十二人あつめれば、ほとんど本能的に列をつくってしまうのである。

前大戦のあとも交通機関の混雑ぶりはいまと変わらなかったが、バスに行列をつくることはなかった。だれもが自分のことしか考えず、腕っぷしがいちばんつよくて図々しさでもいちばんの人間がまっさきに乗りこんだものだったのだ。

子供たちのなかに、疎開の悪影響から粗暴になって小さな野蛮人と化したものが多少はいること、また、だれもが戦争中につもりつもった不快感から苛立ちをつのらせていて、癇癪《かんしゃく》をおこす場合もあることは、たしかに否定できない。

戦争中にわたしがひどい目にあった不作法、あるいは自分でも犯した不作法を考えてみると、いつでも型はほとんど同じであることがわかる。じつはべつに何も悪いことをしたわけでもない見ず知らずの他人にたいして、とつぜん怒りを爆発させているのだ。

いちばん行儀がわるいのは商売人、なかでも魚屋と煙草屋である。しかし、商店主はたいてい苦労が多くて労働過重になっているから、長年のあいだ屈従的な生活をしいられてきたいま、本音にもどりたくなるのは自然な話なのだ。

わたしの買いつけの魚屋の態度など、まるで昔の東洋の君主さながらである。店をあけるのは一日にたった三時間だけ。開店が三十分遅れるのは毎度で、ようやく少しばかりのニシンを分けてもらえば、ちゃんと金を払ったというのに、まるでただでくれたような態度をとる。

客たちはたいてい、彼のことを「旦那」と呼んでいる。しかし、考えてみれば一九一九年から三九年までは、彼のほうが客を「旦那」と呼んでいたにちがいないのだから、この店主がつかのまの権力を楽しんでいるからといって、だれが責められよう。

戦争中にとどまらず、二、三十年前までさかのぼって考えてみれば、階級差別がずっと目立たなくなったばかりか、世間全体の作法がよくなったことはぜったいまちがいない。これにはじつに多くの原因があるのであって、映画、ラジオ、貧民街の撤去、大量生産による衣料品の低価格化、初等教育の改善、といったことがすべて役に立っているのである。

せまい意味での美的な観点から見るなら、たしかにイギリス人の品位は向上してはいない。産業主義的な文化には、根本的な下品さがある程度はつきものであって、身ぶり、行動、衣服の着こなしといった点になれば、哲学の教授から露天商にいたるまで、ヨーロッパ人は、だれ一人インドや中国の農民におよばないのである。

けれども、年を追って浴室つきの家に住む人の数がふえ、人前で食事をする習慣ができ、BBC式の英語の発音を身につけ、映画のスターたちから着こなしをまなんだ結果、現代の世の中は粗野とはほどとおいところまで向上している。それに、こうした外見上の変化だけではなく、ほんとうの礼節と思慮もひろまっているとわたしは思う。

戦争中のさまざまの努力、なかでも配給制度とか空襲による火災の監視などは、こういうことなしでは実行できなかったにちがいないのだ。

それでも、ときにはイギリス人の作法が洗練を欠くように見えるとしても、ヘンドン市長が案じるにはおよばない。

バスに乗るのに雨水の漏る靴で二十分待ったあげく、家に帰りついてみればガスの火がつかないというのでは、礼節など身につきようがない。燃料がもっとゆたかで、交通が便利で、衣類に困らず、町の照明は明るく、食事にも変化があるようになること――礼儀を身につけさせるには、襟に礼節協会のバッジをつけさせるより、そのほうがずっと効果的だろう。

（『イヴニング・スタンダード』一九四六年一月二十六日号）

ガラクタ屋

ロンドン一魅力的なガラクタ屋つまりジャンク・ショップはどこかと言っては、好みの問題だから議論の種になるだろう。だが、グリニッチでも汚らしい界隈、イズリントンにあるホテル、エンジェルの近く、ホロウェイ、パディントン、エッジウェア・ロードの裏になる辺りなら、いくつか一流のジャンク・ショップにご案内できるだろう。リージェント公園の付近でも、ローズ・クリケット競技場の近くには二、三ないことはないが——ただし、この場合も、店があるのは廃墟同然と化している一画だ——いわゆる高級住宅地では、問題になるジャンク・ショップなど見かけたためしがない。

ジャンク・ショップは、あくまでも骨董屋とはちがう。骨董屋というのは、清潔で、品物もきれいにならべてあって、実質の倍くらいの値段がつけてあり、ひとたび中へ入ろうものならうるさくつきまとわれ、ついに買わされてしまう店である。

ジャンク・ショップのほうは、ショーウィンドーもうっすら埃《ほこり》をかぶっていて、置いてあるのも捨ててもいいようなものが珍しくなく、たいてい奥の部屋で居眠りをしている主人は、まるで売りつける気もない。

それに、一番の宝を一目で発見できることはぜったいになく、たいていは竹製のケーキ・スタンドがごたごたならんでいるなかから拾いださなければならない。料理が冷めるのを防ぐためにかぶせるブリタニアウェア〔しろめ〕の皿覆い、大型の懐中時計、あちこちページが折れている汚い本、ダチョウの卵、今では存在しないメーカーのタイプライター、レンズの入っていない眼鏡、栓のないデカンター、鳥の剝製、針金でできた炉格子、鍵の束、ボルト・ナットがはいっている箱、インド洋産のほら貝、靴型、中国製のショウガ壺、ハイランドの城の絵といったものが、ごちゃごちゃしている。

こういう店では、メノウなどの貴石がついているヴィクトリア朝時代のブローチやロケットという、掘り出し物にぶつかることがある。

十中八九は汚くてどうしようもないが、なかにはきわめて美しいものもある。銀の台にはめこまれていたり、もっと多いのは金のまがいで銅を混ぜた金色銅の台にはまっているもので、近ごろこのきれいな合金ができないのはどういうわけだろう。

このほかの掘り出し物には、蓋に絵が描いてあるパピア・マシュ〔箱、盆などの製造に用いる紙粘土状の模擬紙〕でできた嗅ぎ煙草入れ、ラスター〔真珠の光沢をもつ陶磁器〕でできた水差し、一八三〇年前後の先込め式ピストル、瓶の中に造った船の模型などがある。こういうものは今でも造られてはいるが、古いものがいいのだ。ヴィクトリア朝の瓶は形が美しいし、グリーンのガラスの微妙な色合いがいい。

　また、オルゴールや、馬具につけた真鍮《しんちゅう》の装飾金具、女王即位祭の角製の火薬入れの形をしたジョッキ（どういうわけか、一八八七年の即位五十年祭のもののほうが、十年後の六十年祭のものよりはるかに高級である）、あるいは底に絵がはいっているガラスの文鎮などがある。

　そのほかにもガラスの中に珊瑚を封じこめたものもあるが、これは例外なくべらぼうに高い。ヴィクトリア朝の新型服装図とか、押し花がぎっしり貼ってあるスクラップブックに出会うこともあるし、まれに見る幸運に恵まれれば、スクラップブックの親方のようなスクラップスクリーンが見つかることもある。

　スクラップスクリーンというのは、いまではすっかり珍しくなってしまったが、要するにふつうの木製の板かキャンバス地に、切り抜いた色刷りのスクラップを、何とかまとまって格好のついた絵になるように貼り合わせた衝立《ついたて》である。最高のものができたのは一八八〇年前後だが、ジャンク・ショップで買ったのではかならず傷んでいて、じつは、こういうスクリーンを持つ最大の楽しみは自分でそれを補修することにあるのだ。

美術雑誌の色刷りページとか、クリスマスカード、絵はがき、広告、本のカバー、ときには煙草の箱に入っている景品用の引換え券まで使うことができる。一箇所は、もう一枚スクラップを貼れる場所がきっとあるもので、そこに慎重に選んだものを貼れば、かならずもっともらしい絵ができあがるのだ。

というわけで、自分だけしか持っていない自家製のスクリーンでは、黒い酒瓶をかこんでトランプに興じているセザンヌの男たちが中世のフィレンツェの街路と鼻をつきあわせ、その街路の向こう側にはゴーガンの南海の島の住民がイギリスの湖のほとりにすわっていて、その湖では袖が三角形のブラウスを着た女性がカヌーを漕いでいる、ということになるのである。こういうものが、みごとに一枚の絵になっているのだ。

こうしたものはすべて骨董だが、意外なことに、ジャンク・ショップでも実用品が見つかる場合もなくはない。

リージェント公園に近いケンティッシュ・タウンの店では、空襲のあとでフランスの銃剣を六ペンスで買ったことがあるが、これは四年間、暖炉の火搔き棒代わりに使うことができた。そしてこの数年は、かんなのような大工道具とか、栓抜き、時計のネジを巻く鍵、ワイングラス、銅製の鍋、乳母車のスペアタイアといったものを買おうと思えば、このジャンク・ショップしかなかったのだった。

どんな錠前にでも合う鍵が見つかる店があるかと思えば、絵を専門にあつかっていて額縁が必要なときに助かる店もある。わたしは絵を買ったあとに額縁だけのこして絵は棄ててしまうという方法で、何度も最低の値段で額縁を手にいれた。

しかし、ジャンク・ショップの魅力は掘り出し物との出会いどころか、甘く見てもそのせいぜい五パーセントしかない美術的な価値とさえ関係がなく、その魅力は、だれの心にもひそんでいるコクマルガラス——つまりこまかなものを盗みたがる本能にあるのだ。銅の釘《くぎ》とか、時計のゼンマイ、レモネードの瓶に入っているビー玉のようなものを、子供が集めたがるのと同じなのである。ジャンク・ショップを楽しむには、何かを買うどころか、買いたいと思う必要さえもない。

トテナム・コートロードには、何年も昔から、汚くて手にとる気にもならないもの以外見つかったためしのない店が一軒あるし、逆にすぐ隣のベイカー・ストリートにはかならず欲しくなるもののある店がある。ところが魅力という点では、トテナムの店もベイカー・ストリートの店に劣らないのである。

もう一軒チョーク・ファーム地区にも、古い金属製のガラクタしか売っていない店がある。ずっと昔からいつでも同じ、おんぼろな道具と半端な鉛管がトレーにならんでいて、入口を入ったところには、これもいつでも同じガスストーブが何台もおみこしを据えている。何か買ったこともなければ、買いたいと思うものを見かけたためしもない。それでいて、その辺へ行ったときには、かならずちゃんと寄って丹念に眺めないと気がすまないのである。

（『イヴニング・スタンダード』一九四六年一月五日号）

イギリスの気候

イギリスの気候には人間の扁桃腺の切除のような、ちょっとした手術が必要ではないか――昔は、わたしもこんなことを言っていた。一月と二月は切り捨ててしまえ。そうすれば文句はなくなる、というわけである。

だが今では、たとえ可能だとしても、このふた月もなくしたいとは思わない。

これは科学的な問題とは別である。何しろ、一般向けの科学書に書いてあることを信用できるとすれば、気候を思いのままにできる時は目前にせまっているというのだから。どうやら、原子力を使えば極地の氷山を溶かし、サハラ砂漠を灌漑し、メキシコ湾流の流れを変え、あちこちの山系も移動させて、要するに地球を一変させることができるらしいのだ。

それなら、いずれイギリスでもどういう気候にするかを決めなくてはならない時が訪れた場合は（国民投票かギャラップ世論調査でも使うのだろう）、「完璧」などとんでもない誤解をされている気候よりも、「悪い」と言われている気候のほうをえらんでもらいたい。

イギリスの気候のよさは、変化に富むことにある。明日の天気が当てにならないだけでなく、一年のどの季節、いやどの月にも、幼なじみの友のような、はっきりした個性があるのだ。そのうちのふた月か三月は、むしろ幼なじみの敵というほうが当たっているかもしれないが。

世界でも、こういう国は少ない。東方では、季節はたいてい三つしかないのだ。夏冬と雨期だけで、しかも、個々の季節のあいだは毎日がまったく同じなのである。猛烈に暑い気候には、春や秋を思わせるものはまったくない。花はいつでも咲きっぱなし、木はいつでも緑のままで、鳥も一年中巣作りをしている。赤道の近くともなれば一日の長さまでほとんど変わらないから、いつまでも暮れない夏の夕暮れとか、人工照明をつけての朝食といった楽しみなど、味わいようがない。

一年間のそれぞれの月について、自然に湧いてくる連想をならべてみよう。みんながみんな楽しいものばかりではないが、一つ一つ、はっきり違うことがわかるはずである。三月から始めてみる。

三月――ニオイアラセイトウ（それも古風な茶色のもの）。街を冷たい風が吹いて、埃が目にはいる。まだ丈の低い麦畑で、野ウサギがボクシングをしている。

四月――驟雨のあとの土の匂い。十四日にはかならずカッコウの声が聞ける嬉しさ。ツバメもくるが、これはじつを言うとたいてい本物ではなく、ショウドウツバメである。

五月――リューバーブの煮込み。ワイシャツの下に肌着を着なくてもよくなる嬉しさ。

六月――雲があらわれる。干し草の匂い。夕食のあとの散歩。ジャガイモ掘りをしたあとで背中が痛くなる楽しみ。

七月――上衣を着ずに会社へ行く。ロンドンの通りを歩いていると、足元でたえずピシピシとサクランボの種がはじける。

八月――ちびプラム。海水浴。目が痛くなるようなゼラニュウムの花壇。散水車の埃っぽい臭い。

九月――ブラックベリー〔セイヨウヤブイチゴの実〕。黄葉がはじまる。朝はしとどな露。また、暖炉の火が恋しくなってくる。

十月――風のまったくない日がつづく。靄《もや》のなかに黄葉した楡《にれ》の木がうかんでいるが、まだ枯れ葉は散らない。

十一月――突風が吹く。ごみを燃やしている臭い。

十二月――フクロウが鳴く。水溜まりにうっすらと張った氷。焼き栗。屋根の上にかかっている太陽は真っ赤な球のようで、裸眼でも見つめていられる。

これは、すべてわたしの連想である。連想は人によってさまざまだろうが、変化に富んでいる点は、おそらく同じだろう。

これが、たとえばカリフォルニアとかニュージーランド、あるいはリヴィエラのリゾートだったら、それぞれの月にこれほど個性的な味わいがあるとは考えられない。

だが、一月と二月はどうだろう。たしかに二月はとくべつ嫌な月で、日が短い以外、いいところは一つもない。だが、雨が多くて寒いこういう時期がなければ、それ以外の月もかなり変わってくるはずだということも思い出してやらなければ、気候に気の毒である。

イギリスの果実や野菜が美味いのは、雨をたっぷりふくんだ土壌と、春の訪れが遅いせいである。バナナとパイナップルについてはよくわからないが、暑い国で美味い果実ができたためしはない。オレンジやレモンにしても、これはスペインやパレスチナのようにわりあい気候の穏やかな国のもので、マンゴーとかパパイヤ、バンレイシといった、典型的な熱帯産の果実は水っぽくて美味くない。

リンゴやイチゴのような果実には、例外なく霜と雨期が必要で、夏がひどく暑い国では最高の風味のものはぜったいにできない。花も、いちばんきれいなものは寒い冬を必要とする。たとえばインドの平原でも、ジニアやペチュニアなら楽に育てられても、サクラソウやニオイアラセイトウ、水仙となったら、どんなに腕のいい庭師にも育てられまい。一月と二月をもっと暮らしいい月にしたければ、まずもっと合理的な家を建てることからはじめたらどうだろう。たとえば水道管にしても、激しい霜がおりるたびに破裂したりしないように工夫してみたらどうだろうか。

しかし、それはまた別の話。万一気候を変えられるという話が現実になった場合、われわれがぜひ決めなくてはならないのは、だらだらと天気がいいだけの日がつづくのを望むか、靄、ぬかるみ、みぞれといったものはあっても、その代わり幾日か思いきってすばらしい好天の日があるのを望むか、という選択である。シェイクスピアがいまごろの季節を描いた歌の一節がある。

風は唸って吹くばかり
牧師の説教、咳ばかり
鳥は巣のなか雪のなか
マリオンの鼻、真っ赤っ赤
〔『恋の骨折り損』第五幕、第二場、九三二行〕

これは不愉快な面を歌っているわけだが、そのくせこの歌には一種の愛情、つまりすべてが所を得ているという見方がひそんでいるのだ。

庭でデッキチェアにすわっていられる季節もあれば、しもやけにかかって鼻水をたらしている季節もあって、イギリスの気候では、一週間のうち五日は嫌な日かもしれない。それでも、とくに春や秋には、ロンドンの街頭さえ、もっと陽射しのゆたかな国でも出会えないほど美しくなる時期もあるのだ。

（『イヴニング・スタンダード』一九四六年二月二日号）

春のきざし

すでに五分間、わたしは窓の外の広場を眺めて春のきざしはないかと目を皿のようにして探している。雲には一箇所うっすらと、その向こうの青空を思わせるところがあるし、大カエデの木にはいくつか新芽かもしれないものがついている。だが、それ以外はまだ冬である。しかし、心配しなくてもいい。二日前には、ハイド・パークをたんねんに探していると、はっきり芽吹いているサンザシを見つけたし、鳥も何羽か、歌声とはいかないがオーケストラの音合わせのような音を出していた。けっきょく春はまたやってきて、氷河期の再来だというさいきんの噂はでたらめだったのである。三週間もすれば、カッコウの声が聞けるだろう。たいてい、四月の十四日ごろに鳴きだすのだ。それからさらに三週間たてば、青空の下で日を浴びながら手押し車で売りにきたアイスクリームを食べるようになり、冬にそなえて燃料を貯えることなど忘れているだろう。

この数年は、春を讃える昔の詩がおどろくほど身にしみるようになった。燃料不足もなく、一年中何でも買えたころには見えなかった意味が見えてきたのである。春を讃える詩のなかでも、わたしがいちばん気にいっているのは、ロビン・フッド・バラッドの一つの初めにある二連である。綴《つづ》りを現代風に変えて書いてみる。

雑木林がかがやき、草地がうつくしく、
葉がこんもりと茂っているときに、
うつくしい森をあるき、
小鳥の歌を聞くのはたのしい。

ウッドウェルが小枝にとまって、
いつまでも鳴きつづけると、
その声が緑の森にひびいて、
そこで眠るロビン・フッドが目をさました。

しかし、ウッドウェルというのは、どんな鳥だったのだろう。オクスフォード英語辞典にはキツツキではないかと書いてあるが、それなら歌はあまりうまくない。もうすこし、それらしい鳥はいないだろうか。

（『トリビューン』一九四七年三月二十八日号）

ヒキガエル頌

燕よりも水仙よりも早く、ほぼユキノハナと同じころに現れて春が来たのを思わせてくれるのは、ヒキガエルである。大地の揺れのようなものか、わずかに気温が上がった程度のことか、何かがヒキガエルに目をさませと教えるのだ。去年の秋以来ひそんでいた穴から出てきたヒキガエルは、手近な水溜まりめざして一心不乱に這《は》っていく。もっとも、ヒキガエルのなかには、いつまでも眠っていて、一年をやりすごしてしまうのもいるらしい。すくなくともわたしは、生きてもいるし体の具合もわるくなさそうなヒキガエルを、夏の盛りに何度も掘り出したことがある。

この季節のヒキガエルは、断食のあとだけに、四旬節も終わりにちかいころの謹厳なアングロカトリック教徒のような、じつに敬虔《けいけん》な顔をしている。身のこなしはかったるそうでも迷いはなく、体はしなびているのに、目は逆に異様なほど大きい。おかげで、こちらも、いつもなら気がつきそうもないことに気がつく。その目のうちでも、いちばん美しいと言ってもいいのだ。まるで、金と言ってもいい。いや、むしろよく認め印付きの指輪についているのを見かける、たしか金緑石といった宝石にそっくりなのだ。

水に漬かったヒキガエルは、それからの二、三日、小さな虫を食べて体力の回復に専念するが、やがて正常な大きさまで膨らむと、しばらくは激しい性欲に悶えることになる。頭にあるのは、すくなくとも雄の場合なら何かを抱きしめたいということだけで、こちらが棒切れどころか指を突きだしてやっただけでもものすごい力でしがみつき、なかなか雌のヒキガエルでないことには気がつかない。十四か二十四のヒキガエルが雌雄の別もつかない妙な格好でたがいにしがみついたまま、水中にひっくりかえっている光景に出会うことも珍しくない。だがそのうちに、雄がうまく雌の背中にのった格好で二匹ずつに別れる。

そうなると、雄のほうは小さくて色が濃く、上になって雌の首筋にしがみついていること以外、雌雄の区別はつかない。それから一日二日すると長い紐のような卵が葦の茂みのあいだに渦を巻いてあらわれ、そのうちに消えてしまう。そしてさらに数週間すると、水中には小さなオタマジャクシの群れがあふれ、これがたちまち大きくなって後足が生えたと思うと、つづいて前足が生えて尻尾が消える。そして、夏の盛りがくるころには、親指の爪より小さいくらいだが、どこをとっても完全な新世代のヒキガエルが水から這いだして、ふたたび同じゲームがはじまるのだ。

ヒキガエルの産卵の話などもちだしたのは、それがしみじみ春の到来を思わせるからだが、雲雀《ひばり》や桜草とはちがって、あまり詩人たちに褒められたためしがないというせいもある。だが、爬虫類や両生類はきらいな人が多いことはわたしも知っているから、春を楽しむにはヒキガエルをよく見なければなどと言うつもりはない。他にもクロッカスもあるし、ツグミもいるし、カッコウも、リンボクもある。要するに春はだれにとっても楽しく、しかも金がかからないのだ。どんなにうらぶれた都会の一角でも、煙突と煙突の隙間からわずかに覗く空が明るくなったとか、空襲の焼け跡にもニワトコがあざやかな緑を吹いたということだけでも、何かしら、春が来たきざしは見える。ロンドンのどまんなかでさえ、自然がいまなお、いわばひっそりと息づいているのには驚くほかはない。デトフォードのガス工場の上をチョウゲンボウが飛んでいる姿も見かけたし、ユーストン・ロードでは、クロウタドリの一流の歌声を聞いた。半径四マイルのなかには、何百万とはいわないまでも、何十万という鳥が生息していて、それが家賃さえ払っていないのかと思うと楽しくなる。

春ばかりは、イングランド銀行周辺の陰気な狭い通りでさえ完全には締めだすことができない。春は、どんなフィルターでも通過してしまう新しい毒ガスのように、いたるところにしみこんでくる。春はよく「奇跡」だと言われるけれど、この陳腐な表現にも、ここ五、六年はまた命がよみがえってきた。ここ数年つづいた辛い冬のあとでは、また春が来るとは思えなくなるばかりだっただけに、まさに奇跡という気がするのである。わたしは一九四〇年以来、毎年二月が来るたびに、冬が永遠につづくのではないかと思った。ところが春の女神ペルセポネは、ヒキガエルとおなじように、まずまず時をたがえずに蘇るのである。三月の終わりが近づくとつぜん奇跡が起こって、わたしが住んでいる腐りかけているような貧しい町もがらりと変わる。つい近くの広場では煤けたイボタの木が青々と芽をふき、栗の木も葉が茂りはじめ、水仙の花も咲けばニオイアラセイトウも芽をふき、警官の上着の青さまで目にしみるようになって、魚屋は愛想がよくなり、雀の色まできれいになる。雀たちもいい匂いに元気をとりもどして、去年の九月以来ひさびさに水浴びをしたからだ。

春をはじめとして、季節の移ろいを楽しむのは悪いことだろうか。もっと正確にいえば、政治的に非難すべきことだろうか。だれもが資本主義の桎梏《しっこく》の下であえいでいる、あるいはあえいでいるべきときに、クロウタドリの声や十月の楡の黄葉のように金のかからない、左翼新聞の編集長が階級的視点と呼ぶものとは無関係ないろいろの自然現象のおかげで人生が楽しくなることもあると言ったのでは、いけないのだろうか。こういう考え方の人間が大勢いることはたしかである。わたしの経験でも、どこかで「自然」をほめるようなことを書いたりするとたちまち罵倒の手紙がまいこんで、きまって「センチメンタル」という言葉にぶつかるのだが、これには二つの思想もからんでいるらしい。一つは、人生の現実の流れを楽しむのは一種の政治的静観主義を助長するという思想である。この思想はさらに、人民は不満を抱くべきであり、欲望を増幅させるのがわれわれの務めであって、すでに所有しているものをいっそう楽しむだけではいけない、という風に発展する。もう一つの思想は、現代は機械の時代であり、機械を憎悪するのはもちろん、機械の支配領域を制限しようとするのは、それだけでも退嬰《たいえい》的、反動的であって、いささかこっけいだという思想である。この思想には、往々にして、自然を愛するのは自然のほんとうの姿がまるでわかっていない都会人の短所だと唱える応援団がつく。そしてさらに、ほんとうに土と格闘しなければならない人は土など愛してはいないし、厳密な利益という観点以外から鳥や花に関心をもつことはありえない、ということになる。田舎が好きになるには、町に住んでいて、温かい季節の週末にでもぶらぶら出かけるのでなければだめなのだ、と。

あとのほうに出てくる思想がまちがいであることは、証明もできる。たとえば庶民のバラッドをふくめた中世の文学には、一九二〇年代のジョージ王朝風とさえいえる自然讃美があふれているし、中国人や日本人のような農業国民の芸術の核心は、伝統的に木とか鳥、花、山、川などなのだから。もう一つの思想のまちがいはやや複雑らしい。不満を持つべきだというのはたしかにあたっていて、ただ不幸をがまんするだけではどうにもなるまい。それでも、もし現実の人生の楽しみを殺してしまったら、未来はどういうものになるのだろう。春がもどってきたのを喜べない人間が、労働時間が減ったユートピアで幸せになれるだろうか。機械があたえてくれる余暇を、どう潰すのだろう。わたしはかねがね、ついに政治的経済的諸問題が解決したときには、生活は複雑になるより単純になり、ウルリッツァ・オルガンを聞きながらアイスクリームを食べる楽しみよりは、むしろ春にはじめて咲いた桜草を見つけた喜びのほうが大きくなるのではないかと考えている。木とか魚、蝶、そして初めに出したヒキガエルなどに、子供のころにいだいた愛情を持ちつづけているなら、やがて平和で幸せな未来が訪れる可能性もすこしは高くなるだろうが、鉄とコンクリート以外のものを讃美してはならないと説教していたのでは、未来は、憎悪と指導者礼讃以外あまったエネルギーの捌け口のないものになりかねない。

それでも、このロンドン北第一区にも春は訪れて、これを楽しむのを禁止することは彼らにもできないのだ。そう思うと、嬉しくなる。わたしはヒキガエルがつがっている姿、二匹の野ウサギがまだ丈の低い麦畑でボクシングをしている姿を眺めながら、できることならそういう楽しみを禁じたがっているお偉方のことをよく思いうかべたものだ。だがさいわい、それは彼らにもできないのである。病気にならず、食べるものに困らず、怯《おび》えてもいず、刑務所や休暇村に監禁でもされていないかぎり、春はいまなお春なのである。工場には原爆が蓄積され、都市には警官がうろついて、ラウドスピーカーからはつぎつぎに嘘が流されていても、地球はいまも太陽のまわりをまわっていて、独裁者や官僚はいかにいまいましく思おうが、それを停《と》めることは彼らにもできないのだ。

（『トリビューン』一九四六年四月十二日号初出）

ブレイの牧師のための弁明

数年前に、ある友人が有名なブレイの牧師〔国王が代わるごとにカトリックからプロテスタントへまたその逆へと、無節操に宗旨を変えたといわれる十六世紀バークシャの伝説的な牧師。今は変節漢・日和見主義者の意味で用いる〕が昔勤めていたという、バークシャの小さな教会へつれていってくれたことがある（行ってみると、そこはブレイから二マイルほど離れていたが、当時は二箇所の寺禄が一つになっていたのだろう）。境内に堂々たるイチイの木が聳《そび》えていたので、根元にあった説明を読んでみると、まさにブレイの牧師その人が植えたものだった。わたしはとっさに、ああいう人がこんな形見をのこすとはおかしな話だと思った。

ブレイの牧師は『タイムズ』紙に論説を書くほどの教養はあったにしても、とうてい褒められた人物ではない。だが、長い歳月をへた今のこっている彼の形見は、戯《ざ》れ歌が一つと木が一本だけで、幾世代にもわたる大勢の人の目を楽しませてきたこの木の功績が、この牧師の変節がまねいたさまざまの弊害より大きいことは、まずまちがいあるまい。

ビルマ最後の王ティバウも、やはり善良さとはほどとおい人間だった。酒飲みで、妻の数は五百人――ただし、これはあらかた飾り物だったらしいが――、王位に就いてまっさきにしたのは、七十人だったか八十人だったか、大勢の兄弟の首をはねることだった。それでも、マンダレーの埃っぽい道路に彼が植えたタマリンドの並木は、一九四二年に日本軍の焼夷弾で焼きはらわれてしまうまで、後世の人びとに日陰という恩恵をあたえたのである。

詩人ジェイムズ・シャーリー〔十七世紀〕の言葉に「正しき者の行為のみが、死後も甘く香り、花を咲かせる」というのがあるが、これは厳しすぎたらしい。ときには、正しくない者の行為も、あるていど時がたったあとではなかなか立派に見えることがあるものなのだ。ブレイの牧師のイチイの木を見たとき、ある感慨に打たれたわたしは、すぐにジョン・オーブリー〔十七世紀の伝記作家〕の名文選を買うと、ミセス・オーヴァーオールなる女性に想を得たという、十七世紀前半に書かれたとおぼしい田園詩を読みかえしてみた。

ミセス・オーヴァーオールというのは、ある大聖堂首席司祭の妻だったのに、数多くの男と浮名をながした女である。オーブリーによると、この女は「どんな相手も拒むことができず」、「類《たぐい》なく美しいが、驚くほど淫蕩な目をしていた」という。その詩（このなかの「恋に身を灼く羊飼い」というのはサー・ジョン・セルビーという人物らしい）は、こんな具合にはじまる。

恋に身を灼く羊飼い
忘れかねたる胸のうち
いまひとたびの逢う瀬をと
いついつまでもわがものと
がばと伏したる墓の上
両の腕は腰の上
ただ亡き女《ひと》を慕いつつ
ハイ　ノニ　ノニ　ノー……

かわいくやさしいその女に
惚れたわが身が運のつき
二度と会えないかの女を
思う心の切なさよ。
たとえ千人ならべても

探すよしなき面影に
つのる思いはいつまでも
ハイ　ノニ　ノニ　ノー。

さらに六連、先へ進んでいくうちに、「ハイ　ノニ　ノニ　ノー」というリフレインははっきり猥褻《わいせつ》な意味を持ってくるが、さいごが秀逸である。

ああ、かの美女もいまは亡く
花のかんばせ、いまいずこ
たとえいまでは地獄でも
知ったことかと羊飼い。
因果応報身のむくい
自分で蒔いた種だもの
操も知らぬ人生で
ハイ　ノニ　ノニ　ノー。

魅力の点では、ミセス・オーヴァーオールはブレイの牧師にまさるが、模範にならない点では選ぶところがない。しかし、彼女がけっきょく後にのこしたのは、なぜか詩華集には収められていないけれども、いまなお人びとをよろこばせる一編の詩だけなのである。彼女は騒動も起こしたろうし、死ぬときにはみじめな思いも、虚しい気持ちも味わっただろうに、それは夏の夕べに香る煙草の木の匂いさながら、ほのかな香りのようなものと化してしまったのだ。

だがここでもう一度、話を木にもどそう。木、なかでも寿命のながい固い木を植えるというのは、金も手間もほとんどかからない子孫への贈り物になるのであって、もしその木が根づけば、善悪を問わないどんな行為よりも、ずっとながいあいだ目に見える形でのこるのだ。わたしは一、二年前の『トリビューン』に、戦前にスーパーのウルワースで六ペンスで買ってきて植えたツルバラの話をちょっと書いたことがある。すると一人の読者から、バラなどはブルジョワ趣味だと非難する憤然たる手紙がきた。だが、この六ペンスの使い道は、煙草はもちろんのこと、フェビアン協会の報告書など買うよりずっとましだったというわたしの信念は、いまでも変わらない。

ついさいきん、昔住んでいた田舎の家へ一日出かけてみたとき、わたしは思いがけない喜びを味わった。もっと正確にいえば、すでに十年近く前に植えたいろいろなものが大きくなっているのを見て、知らないまにいいことをしたという気持ちを味わったのである。それぞれに費用がいくらかかったかを書いておくのも、まんざら無意味ではあるまい。たとえわずかな金額でも、育つものに投資すればどんなにいいことができるか、読者にもわかってもらえると思う。

まずさいしょは、ウルワースで買ったツルバラが二本と、ノイバラが三本で、どれも一本につき六ペンス。つぎはヤブバラが二本で、これは苗木売場の特売品に入っていたもの。このときの特売品は、六本の果物の苗と三本のバラに二本のスグリの苗で、全部で十シリング〔昔の貨幣単価。十シリングは一ポンドの半分〕だった。果物の苗が一本とバラの苗も一本は枯れてしまったが、あとはみんな丈夫に育っている。全部で果物の苗が五本にバラが七本、スグリが二本で、総額十二シリング六ペンス。どの苗にもたいした手間はかからず、買った代金以外には金もかからなかった。肥料も、農家の馬がときどき門の前にとまったときバケツで拾ってきたもの以外は、何もやらなかったのだが。

七本のバラは、九年たてば、それだけでも合計百か月から百五十か月は花をつけたはず。果物の木は、わたしが植えたときにはほんの若木だったのに、今ではまさに全盛期にさしかかっている。その一本のスモモは先週花をいっぱいつけていたし、リンゴの木も申し分なさそうだった。この一族のなかで一本だけ、はじめは出来損ないと思えたコックス・オレンジ・ピピン〔リンゴの一種〕も、いい苗木だったら特売品になるはずはなかったのに、すっかり逞《たくま》しい木に成長して、たくさん実がなりそうな気配を見せている。このコックスを植えたというのは、まことに奉仕の精神に富んだ見上げた行為だったと思う。こういう木はなかなか実をつけないし、つければすぐとられてしまうこともわかっていたのだから。自分では一つもとったことがないが、おそらくたくさんとる人もいることだろう。「あなたがたはその実によって彼らを見わける」〔マタイ伝、七・二〇〕というから、このコックス・オレンジ・ピピンは、わたしを見わける格好の実である。だが、わたしはべつに人に善行をほどこそうと思って、植えたわけではない。ただ特売品が安くなっているのを見て、たいした手間もかけずに土にさしこんだだけなのだ。

一つだけざんねんで、いずれ何とかしたいと思っているのは、クルミを一度も植えていないことである。ちかごろでは、だれもクルミを植えない——たまに見かけるのは、たいてい老木ではないか。クルミを植えるのは子孫のためなのだが、子孫になどかまっていられるかというわけだ。マルメロ、桑、カリンも、植える人がいない。しかし、こういう木は、自分の土地を多少持っているときに庭に植えるものだ。それに反して、生け垣とか、たまに通る空き地の、戦争中にすっかり伐《き》られてしまった木、なかでもオーク、トネリコ、ニレ、ブナなどには、何か手を打ってもいいはずなのである。

リンゴの木でさえ、百年はもつのがふつうなのだから、わたしが一九三六年に植えたコックスには、二十一世紀になってもまだまだ実がなるだろう。オークやブナとなれば、何百年も枯れないのだから、これが伐られて材木になるまでには何千何万という人の目を楽しませるはずである。何も、個人的な植林計画くらいで社会的義務がみんな果たせるなどと言うつもりはないが、反社会的行為をしたときには日記につけておいて、いずれ時期を見てドングリを一つ地面に埋めるというのは、なかなかの名案だと思う。

二十のうちの一つでも育つのなら、一生のあいだにかなりの悪事をはたらいたとしても、さいごにはブレイの牧師のように社会の恩人になれるかもしれない。

（『トリビューン』一九四六年四月二十六日号）

II

ジュラ島便り

作家生活の苦しさ　A・S・F・ガウ宛ての手紙

ロンドン　北第一区　イズリントン
キャノンベリー・スクェア　二七B
一九四六年四月十三日

ガウ先生、[*1]

おひさしぶりのお便り、うれしく拝見しました。ほとんど同時に、M・D・ヒル[*2]からも『ジェム』と『マグネット』〔どちらも少年向きの煽情的な週刊誌。オーウェルは別のエッセイ「少年週刊誌」で、そこに出ているパブリック・スクールを扱った型通りの物語に潜んでいる、因習的偏見について論じている〕についての手紙が来ましたし、いまはホーム・アンド・ヴァンタール社でシリーズものの編集をしているジョージ・リトルトンからも、何か書いてくれという手紙をもらいました。ざんねんながら、とにかく当分は書けないと断るほかありませんでした。ちょうど、これから半年はジャーナリズムの仕事や雑文書きはやめようと思っているところなものですから。そうしてまた一冊、新しい本〔小説『一九八四年』のこと〕にとりかかろうかというわけで、半端仕事はしばらくやめる決心をしたのです。何しろここ二年は一週間に三本原稿を書いていましたし、その前の二年間はBBCにいてニュース解説の類のくだらないものを本棚一段分になるくらい書いていましたから。オレンジの搾りかすみたいになってくる一方なので、そんな生活はやめにして、半年はスコットランドの、電話もなければろくに郵便も届かない土地へ行こうと思っています。

この前お目にかかったあと、わたしの生活にはずいぶんいろいろなことがありました。悲しいことに、一年ちょっと前に妻が亡くなりました。妻の健康はしばらく前からすぐれなかったのですが、まったく突然の思いがけないことでした。いまは二歳の男の子の養子がいますが、これは母親つまり妻が亡くなったときには十か月くらいでした。養子にしたときには、生後三週間だったのです。すばらしい子で、さいわいとても健康ですから、わたしには大きな慰めです。わたしは第四種〔兵役不合格〕になったため、戦争中はたいしたことはしませんでした。気管支充血という病気があるうえに、片肺には子供のころには医者も発見できなかった病巣もあったからです。しかしその健康状態も、ここ数年はM&B社のサルファ剤のおかげで、たしかにずっとよくなりました。空襲と国防市民軍以外のわたしの戦争経験といえば、降伏前後のドイツでほんのしばらく戦争特派員になったことで、これはなかなかおもしろい経験でした。ちょっと出かけたスペイン戦争では首に貫通銃創を負って、声帯が一つ麻痺する結果になりましたが、声には影響ありません。ご推察のとおり、初めは作家として生計をたてるのに苦労しました。もっとも、いいかげんな文学ジャーナリズムの実態がわかったいまから考えてみますと、コツがわかっていればもっとうまくやれたろうと思います。現在わたしの知っている作家たちがみんな苦労しているのは、ジャーナリズムや放送で生計をたてるのはわりあい簡単でも、本を書くだけで暮らすのは事実上むりだということです。戦前には、わたしたち夫婦もわたしの書いた本で暮らしていましたが、そのころは田舎で週五ポンドで暮らしていたわけで、当時ならそういうことも可能でしたし、子供もいなかったのです。この数年は生活費が大幅に高騰するばかりなので、本を出すとすればまず雑誌に長いエッセイを書いて、あとでそれを単行本にするしかないと思っています。それでも、ここ数年の雑文書きには、新しい読者を得られたという利点もあって、いまでは本を出しても戦前よりはるかに売れます。

フレディ・エアー*3のことに触れておられましたが、彼をご存じだとは知りませんでした。わたしの親友なのです。『論争』〔哲学、心理学、美学の雑誌〕という新しい雑誌はいまのところまだ二号しか出ていませんが、いずれなかなかいいものになるのではないかと大いに期待しています。もちろん、バートランド・ラッセルが一座の花形です。ボビー・ロングデン[*4]が空襲で死んだのは惜しいことです。彼がいた頃のウェリントン校は、さぞ教育の成果があがったことでしょう。先生もご存じかも知れない、マイケル・メイヤー[*5]といって、戦争中は空軍にいて今はたしかケンブリッジにもどっている青年がいますが、彼はウェリントン校で、このボビーに習ったことがあって、非常に尊敬しています。

またケンブリッジに伺った節はかならずお訪ねしますが、それがいつになるかは、まったくわかりません。二年ほど前、あそこに疎開していたロンドン大学経済学部へ講演に行ったときにも、先生のことを思い出しました。わたしの名前について書いておきます。オーウェルというペンネームを十二年以上も使っているので、たいていの知り合いはわたしのことをジョージと呼んでいますが、ほんとうに名前を変えたわけではなく、いまでもブレア〔オーウェルの本名はエリック・ブレア〕と呼ぶ人もいます。だんだん面倒なことになってきたので、正式の手続きをとって変えようとしじゅう思っているのですが、弁護士とか、そういうところへ行かなくてはならないので億劫になります。

草々

エリック・ブレア

追伸　昔の生徒の書いた本を全部お読みくださいとはお願いしかねますが、前々作『動物農場』はお読みくださったでしょうか。もしまだでしたら、一冊送らせていただきます。きわめて短いもので、おもしろく読んでいただけるかと思います。

原注

＊1　A・S・F・ガウ（一八八六―　）古典語学者。一九一四―二五年、イートン校の副校長で、オーウェルの古典語の指導教師。一九二五年にケンブリッジ大学トリニティ・カレッジの特別研究員となり、以後そこに住んだ〔七八年没〕。

＊2　M・D・ヒルとジョージ・リトルトンは、オーウェル在学中のイートンの教師。

＊3　A・J・エアー（一九一〇―　）哲学者。その著書『言語・真理・論理』は論理実証主義をさいしょに英語で提示したものとして、革命的だった。一九四六―五九年、ロンドン大学教授。一九五九年以後オクスフォード大学教授〔八九年没〕。

＊4　ロバート（ボビー）・ロングデン　イートン校でオーウェルの同期生。学者としてめざましい経歴をたどり、戦争直前にウェリントン校の校長になったが、一九四〇年の空襲で学校に落ちた爆弾によって死んだ。

＊5　マイケル・メイヤー（一九二一―　）作家、翻訳家。一九四三年にオーウェルと知り合った。この当時はオクスフォード大学大学院で勉強中。一九四八年にウプサラ大学へ行き、以後イプセンとストリンドベルイの作品を数多く翻訳した（編集部注・二〇〇〇年没）。

ジュラ島便り（I）シーリア・カーワン宛ての手紙

アーガイルシャ
ジュラ島 バーンヒル
一九四六年八月十七日

愛するシーリア、*1

お元気ですか。わざわざブランデーを手に入れて送ってくださり、ほんとうにありがとうございました。代金九ポンド十五シリングの小切手を同封します。ほかに立替えていただいている費用はないでしょうね。もしあったらお知らせください。

忘れていましたが、「スウィフト論」〔「政治対文学」と題するジョナサン・スウィフト論。『論争』の一九四六年九―十月号に掲載された。したがって、その原稿はこのときシーリアの手元にあったはず〕で引用した書名（パンフレットなどの）に、一、二不正確なものがあるようです。記憶だけをたよりに引用したせいですが、校正刷りさえ見られればかんたんに直せます。

ロンドンで鬱々としておいでのご様子、同情します。一年のうちでもいまごろのロンドンにいるのは、さぞやりきれないでしょう。こちらではこの一、二週間すばらしい天気がつづいているとなれば、なおさらです。まだ、これと言った仕事はしていません。しじゅう何かと用がある感じですし、旅行に出ても呆れるようなことになるのです。昨日、スーザンの娘がここへ来たのですが、わたしはグラスゴーまで迎えにいく手はずになっていました。ところが、一昨日の朝出発すると、途中でモーターバイクがパンクして連絡船に乗りそこね、さいしょはトラック、つぎは車に乗せてもらってフェリーで隣の島にわたり、グラスゴー行きの飛行機に期待をかけたのですが、飛行機は満員。こんどはバスで金曜の朝に船が出るはずのポート・エリン〔ジュラの隣の島アイリーにある港町〕へ行ってみると、ここは家畜の共進会があるために人があふれていて、ホテルはすべて満員。結局、警察の留置所に大勢の人といっしょに泊めてもらったのですが、なかには乳母車まで持ちこんでいる夫婦までいました。翌朝連絡船に乗ってうまくスーザンの娘に会い、こっちへ連れてきたのですが、島に着いてからは、まず二十マイルはタクシー、残りの五マイルは歩いて家までたどりついたのです。今朝はモーターボートに乗せてもらって、バイクを乗り捨てたところまで行き、パンクを直して帰ってきました。これがたった三日間の話。モーターボートを買おうかと思っています。つまり船外エンジンのついたボートで、この辺の交通手段としては、天気さえ悪くなければこれが一番なのです。いまは小さな手漕ぎのボートしか持っていませんが、これでは釣りならできても沖合まで出るわけにはいきません。釣りには毎晩のように出ていますが、これは食料をかなり魚に依存しているからで、そのほかにロブスター用の壺も二つあり、かなりのロブスターと蟹が捕まります。いまではロブスターの鋏《はさみ》の縛り方もおぼえましたが、これは生かしておくためにはぜったい必要とはいえ、きわめて危険な仕事で、それも暗いところでやるときはなおさらです。食料が不足してくれば兎も撃たなくてはならず、野菜も作らなくてはなりません。もっとも、こちらへ来てからまだいくらもたっていないので、たいした収穫はあげられませんが。何しろ、来たときにはジャングル同然だったのです。というわけで、たいした仕事をしていないことは、ご想像いただけるでしょう。それでも新しい本にもすでに着手し、十月にロンドンへもどるまでには、四、五章は書き上げられる予定です。ハンフリー[*2]の仕事は捗《はかど》っている由、ほっとしました——『異端者たち』の売れ行きはいかが?『オブザーバー』には、ノーマン・コリンズ[*3]がかなりいい気な書評を書いていましたが。

リチャードは、いまではちゃんとした半ズボンをはいて——よその子の着古しですが

――ズボン吊りもしています。本物の農場労働者用の編み上げ靴も買ってやりました。短靴をはかせておくと、この辺には蛇が多いのにすぐ脱いでしまうので、家から遠くへ出るときには編み上げをはかせないとだめだからです。ここはあなたもお気に召すと思います。いつでも、ぜひいらしてください。ただ、その場合は前もってお知らせください（つまり、一週間くらい前に手紙をいただきたいのです。ここでは一週間に二回しか配達がありませんから）。そうすれば、車をたのむ手配もできます。それに荷物はリュックサックか雑嚢どまりにして、余計なものはお持ちにならないように。ただ、できれば小麦粉をすこし持ってきてくれませんか。配給制になって以来、こちらではしじゅうパンと小麦粉が不足している始末なのです。着るものは、レインコートと頑丈な深靴か短靴さえあれば、たいしていりません。連絡船の運行は月水金の三日、グラスゴー発の列車は午前八時ごろということを、お忘れなく。十月十日頃までは、こちらにいるつもりです。

愛をこめて

ジョージ

追伸　フレディ[*4]が精神哲学の講座を担当するようになったというなら、わたしからと言って、非精神哲学の担当はだれになったか、訊いてみてくれませんか。

原注

＊1　シーリア・カーワンは、当時『論争』編集部にいた。

＊2　ヒュー・ハンフリー・スレイター〔一九〇六―五八。画家、著作家、元共産党員。政治ジャーナリストとしてスペインへ行き、共和国政府側について戦う。国際旅団の作戦部長だった。『論争』の編集にあたった（一九四五―四七）〕

＊3　ノーマン・コリンズ（一九〇七―　）作家、ジャーナリスト。出版社ヴィクター・ゴランツ社副会長（一九三四―四一）、BBC娯楽番組監査官（一九四六―四七）のち連合テレビ副会長〔八二年没〕。

＊4　A・J・エアーのこと。

ジュラ島便り(Ⅱ) ジョージ・ウドコック宛ての手紙

アーガイルシャ
ジュラ島 バーンヒル
一九四六年九月二日

ジョージ君、[*1]

お茶をほんとうにありがとう。まさに絶好の時にとどきました。今週はトラックに分乗した隣村の人が全員ここへ来て、わが家の前の麦畑の刈り入れをすることになっていて、そうなれば、むろん、作業がつづくあいだ湯水のようにお茶の接待をしなければならないからです。わが家でも、唯一の隣人である小作人の干し草や小麦の取り入れを手伝ってきました。雨でむりなときは別ですが。ここでのやりかたは、万事信じられないほど原始的です。畑を耕すにはトラクターを使っても、小麦の種蒔きはいまだに手で、それを鎌を使って刈り、手で束ねるのです。スコットランドでは小麦つまりカラス麦は、みんな手で種を蒔いているようですが、これが機械でやったのと変わらないくらい均等にいくらしい。雨が多いために、干し草の取り入れは九月の末か、ときにはもっと遅く十一月になるのですが、これは野外に放置するわけにはいかず、全部干し草置場にしまわなくてはなりません。小麦にも実らないのがたくさんあり、これは干し草のように束ねて家畜の餌にします。小作人の仕事は重労働ですが、生活は都会の労働者よりいい点が多く、経済的にもずっと自立していますから、機械とか電力、道路といった面で、もうすこし援助してもらえ、地主がうるさいことを言わず、鹿がいなくなれば、まことに結構な生活でしょう。この島には鹿が非常に多くて、まさに悩みの種なのです。羊の放牧地の草を食ってしまうので、防護柵づくりにも余分の膨大な費用がかかる。小作人が鹿を射殺することは禁じられているのに、狩猟期間には、死体を山からひきずりおろすのにじゅう余計な時間をとられる羽目になります。鹿は食肉の手軽な供給源で所有者の地主はもうかりますから、何事も鹿の犠牲にされるのです。いずれはこの辺の島々にも手が打たれ、乳製品や肉の一流生産地になるか、そこまではいかなくても、畜産や漁業で生計をたてている小規模の農民が大勢暮らせる程度にはなるでしょう。十八世紀には一万あったこの辺の人口は、いまでは三百以下なのです。

インゲ[*2]によろしく。十月十三日ごろにはロンドンへもどるつもりです。

敬具

ジョージ

原注

*1　ジョージ・ウドコック（一九一二―　）作家、アナキスト、『ナウ』の編集長（一九四〇―四七）。現在ブリティッシュ・コロンビア大学英文学教授。一九五九年以後、季刊誌『カナダ文学』の編集責任者。一九四二年にオーウェルの一文をめぐって「平和主義と戦争」と題する論争をかわしたのち、文通するようになり、オーウェルの死まで親交があった（著書にオーウェル論『水晶の精神』（奥山康治訳、晶文社）、『ウィリアム・ゴドウィン』『アナキズム』などがある」（編集部注・九五年没）。

*2　のちにジョージ・ウドコック夫人。

ジュラ島便り（Ⅲ）ソーニア・ブラウネル宛ての手紙

アーガイルシャ
ジュラ島　バーンヒル
一九四七年四月十二日

懐かしいソーニア、[*1]
タイプライターは階下なので、この手紙は手書きにします。ぼくたちは昨日無事こちらに着きました。リチャードもとても元気で、はじめての寝台車も、慣れたあとは一人で占領できるのに大喜び。グラスゴーで飛行機に乗ったとたんに、すぐ眠ってしまいました。きっと爆音のせいでしょう。ぼくも飛行機は初めてでしたが、このほうがずっといい。二、三ポンド高くはついても五時間くらい節約できるわけだし、何度も船を乗りかえる手数もはぶけます。それに、酔ったとしても四十五分くらいのもの。これが船なら、悪天候のばあいは五、六時間かかるわけです。こちらでも、季節はイングランドと同じように遅れています。花の蕾《つぼみ》はろくに見あたらないし、昨日は大雪でした。それでもすっかり春の気候になって、年明けに庭に植えた草木はだいたい無事なようです。いたるところに水仙が咲いていますが、咲いているのはそれくらいのもの。いまだに荒れ地そのものの牧草地と格闘していますが、来年までにはすばらしい庭園になるでしょう。もちろん今日は一日中整理に大変で、何しろリチャードがやたらに手伝いたがるのにはまいりましたが、どうやらようやく片づいて、家もすこしは人間の住処《すみか》らしくなってきました。交通の問題を完全に解決するには何週間かかかるでしょうが、それ以外はまずまずです。鶏小屋ができしだい雌鶏をすこしとりよせるつもりですし、今年はアルコールの手配もできたので、毎日ほんのわずかながらラム酒の配給にもありつけます。去年は禁酒主義者も同然でしたから。一週間もすれば万事片づいて、庭の作業も主なものはすみ、そうなったら、すこしは仕事もできるようになります。

ジャネッタに[*2]、いつでも来るようにという手紙を書いて、ここまで来る来方も教えました。子供を一人でよこすのでなく、彼女が自分でつれてくるのだったら、事はかんたんですす。あなたにも、来方について くわしく書いておきます。手紙で読むほど大変ではありません。以下のとおり。

ジュラ島行きの船は、月水金に出ます。船に接続するグラスゴー発の列車は午前八時。したがって、前の晩はグラスゴーに泊まるほうが安全です。夜行列車というのはかならず一、二時間遅れますから、すると船に接続する列車に乗れなくなる。時刻その他は以下のとおり。

午前八時、グラスゴー・セントラル駅発の列車でグーロックへ。

グーロックでターバート行きの船に接続。

十二時ごろ、東ターバート着。

バスで西ターバートまで。（バスは船に接続して発車）。

西ターバートでクレイグハウス（ジュラ島）行きの船に接続。

午後三時半ごろ、クレイグハウス着。

ハイヤーでレルトまで。そこへ迎えに出ます。

もし飛行機で来たければ、これは毎日便があって（たぶん、日曜は除く）、霧さえ深くなければたいてい飛びます。その場合の旅程は以下のとおり。

十時半、グラスゴー、イーノック駅内スコティッシュ航空会社着（航空会社は鉄道の駅の中にある）。

十時四十分発、バスでレンフルーへ。

十一時十五分、飛行機でアイリー島へ。

　正午、アイリー島着。

ハイヤーかバスでジュラ島に向かうフェリーへ。

午後一時ごろフェリーで渡る。

ハイヤーでレルトへ。

ハイヤーの都合があるので、おいでになるときにはかならず前もって知らせてください。ここでは、郵便の配達は週に二回しかありませんし、クレイグハウスまで人をたのんでハイヤーの手配をする便も、二回しかないのです。船でおいでになるのなら、船着場でたのんでも、たいていハイヤーがあるでしょうが、飛行機の場合だと、予約しておかないと船着場（ここからクレイグハウスまでは数マイル）には車はいません。したがって、かりに六月十五日においでになるとしたら、六月五日あたりに手紙をお出しになるといいでしょう。曜日次第では、わたしのところへ手紙がとどくのに四、五日、わたしが車をたのむのにまた三、四日かかるでしょうから。電報を打ってもむだです。電報も郵便配達が持ってくるのです。

レインコートが必要。できれば頑丈な深靴か短靴――もしあればゴム長がいい。わが家にもゴム長の余分はあるかもしれませんが、たしかではありません。油布の類はたくさん余分があります。食料を、配給の一週間分持ってきてくださると好都合です。新しく人がふえてもその配給を受けるには手間がかかるのです。それから、小麦粉とお茶もできれば少々。

これではさぞ大変だと思われるかもしれませんが、じつはかんたんで、家の住み心地もなかなかです。泊まっていただく部屋はすこし狭いかもしれませんが、目の前に海が見えます。ぜひ、来てください。それまでにはエンジン付きのボートも手に入れておいて、天気さえよければ、島の西側にあるまったく人が住んでいない入江へ行きましょう。白砂が美しくて、きれいな水にアザラシがたくさんいます。雨宿りができる洞窟もありますし、だれも使っていないのに一日や二日のピクニックなら充分住める、羊飼い用の小屋もあります。とにかく、来てください。いつおいでになって何日滞在なさっても結構。ただ、早めに知らせてください。そのときまで、お体大切に、お元気で。

いま思い出しましたが、手に入れてくださったブランデーのお代がまだでしたから、三ポンド同封します。たしか、そのくらいでしたね。とてもいいブランデーで、ここへ来る途中も重宝しました。こちらではアルコールはなかなか手に入りませんから。隣のアイリー島ではウィスキーを造っていますが、みんなアメリカへ行ってしまうのです。トラックの運転手にたっぷりダブル以上飲ませてやったら、たちまち無くなったところを見ると、大将の腹はきゅうきゅう鳴ったのでしょう。

心からの愛をこめて

ジョージ

原注

＊1　ソーニア・ブラウネル（一九一八―　）　一九四五―五〇年『ホライズン』誌の編集秘書。一九四九年にオーウェルの二度目の妻となる〔八〇年没〕。

＊2　ジャネッタ・キー（現在はジャクソン）　ソーニア・ブラウネルや、『ホライズン』『論争』に関係のあった作家たちの友人。

ジュラ島便り（Ⅳ）アントニー・ポーエル宛ての手紙

アーガイルシャ
ジュラ島　バーンヒル
一九四七年九月八日

親愛なるトニー、[*1]

お葉書ありがとう。よく着いたものだと思う。すくなくとも、さいごの七マイルをここまでとどけてくれる小作人が、葉書を読んで握りつぶしていてもおかしくなかったところだ。[*2] 十一月の初めごろにはロンドンへ行く予定だが、おそらく一か月くらいしかいないだろう。冬はこちらで過ごすつもりでいる。こっちにいれば、泥まみれだし友達もいなくても、たえずジャーナリズムに煩わされなくてすむし、すこしは暮らしいいから。燃料はずっと豊富だし、食料事情もだいたいましなのだ。じっさいいちばん困っているのは、パンの配給量と、ガソリンの配給量の新たな削減だ。週に一度は、どうしても車で野菜などを買いに出かけなくてはならないのでね。家はまずまず住めるようになった。むろん明かりはいまだに石油ランプだが。家のまわりにはちょっとした庭もできた。天気は信じがたいもので旱魃《かんばつ》同然、おかげで二週間も水道が出ず、そのあいだは風呂にも入れなかった。理屈では海水浴をすればいいわけだが、ぼくの歳では冷たすぎると思うので、一、二度しぶしぶ入った以外には泳いでいない。ついさいきんなど、リチャードまで含めて一家四人が、有名なコリーヴレカンの渦であやうく溺《おぼ》れかけた。「ぼくらの未来」という映画にも出てきた渦だよ。『デイリー・エクスプレス』紙に出たこの災難の記事は、まったくでたらめだった。じつにひどい目にあったよ。文字どおりの無人島に打ち上げられて、あやうく一日二日は帰れなくなるところを、運よくロブスター捕りの漁師がぼくたちが合図に焚いた火を見つけて助けてくれたのだ。リチャードは、海に落ちたとき以外はずっと大喜びだった。ずいぶん大きくなって、お喋りにもなった。今年の初めにひどい転び方をして額に切り傷をこしらえたが、これは一、二年もすれば消えるだろうと思う。新しい小説は順調に進捗《しんちょく》しているから、専念すれば春には完成できるだろう。ロンドンへ帰って週刊誌の仕事につかまったりしたら、長いものは書けなくなるにきまっている。そろそろ仕事ができる能力にも限界のある気がしてきているので、これを大切にしないといけない。クリスン夫人[*3]の話では本[*4]を送ってくれた由。きみが序文を書いたヴィクトリア朝小説の復刊だろうと思うが、まだ彼女から転送されてはこない。とにかく、どうもありがとう。ロンドンへ帰りしだい、すぐ電話します。ヴァイオレット[*5]によろしく。

敬具
ジョージ

原注

＊1　アントニー・ポーエル（一九〇五―　）小説家。『葉蘭を風にそよがせよ』についてオーウェルにファンレターを寄せた。二人は一九四一年に会い、以後オーウェルが死ぬまで友人だった〔代表作に『時の音楽にあわせたダンス』の連作がある〕（編集部注・二〇〇〇年没）。

＊2　この葉書はドナルド・マッギル風の漫画で、「男の客『文字を書く道具はありますか』――若い女店員『ときどきもじもじすることはありますわ』」。

＊3　クリスン夫人は、ポーエルが戦前に勤めていた出版社ダックワースの秘書だったが、この当時はインドのオクスフォード大学出版局の秘書だった。戦時中日本軍占領地域で暮らしたのち、イギリスに帰った。オーウェルはジュラ島にいるあいだ、自分のキャノンベリー・スクェアにあるアパートを、彼女が極東に帰るまで貸していた。

＊4　アントニー・ポーエル編『ヴィクトリア朝時代の上流社会の小説』
＊5　レディ・ヴァイオレット・ポーエル。アントニー・ポーエル夫人。

病院にて(I)T・R・ファイヴェル宛ての手紙

ラナークシャ、イースト・キルブライド
ヘアマイアーズ病院　第三病棟
一九四七年十二月三十一日

トスコ君、[*1]
お手紙をどうもありがとう。そのうち来てもらえると嬉しいのだが。もちろん、無理をせずに来られればの話だが。ただし、病院の面会時間はあまり気前がよくないようだ。正式には、日水土が午後二時半―三時半、火が午後六時―七時。ここはずいぶん遠い。ぼくは車で来たのでグラスゴーからの距離がよくわからないのだが、車で二十分くらいだと思う。

入院したのは十日くらい前だが、二、三か月くらい前からとても具合がわるく、ここ一年ずっと調子がわるかったのだ。むろん、この病気には前にも罹《かか》ったことがあるが、前のときはそれほどではなかった。去年はとても体調がよかったのだから、こんなざまになったのは、きっと去年の冬のひどい寒さ*2のせいだと思う。今年の初めからはひどく具合がわるくなった感じで、たぶん肺結核にやられたのだろうと思いながら、バカなことに医者に行かずにがんばったのだ。寝たきりになるのはわかっていたから、書きかけの本を中断したくなかったのでね。けっきょく書きかけの本は中断、ということはぼくの場合、手をつけていないのも同然の結果になった。それでも、病院では何とかなおせると、かなり自信を持っているようだから、一九四八年中には、ある程度まともな仕事にもどれるかもしれない。近々、また『オブザーヴァー』紙の書評を再開しようかと思っている。寝ていても稼げばいいわけで、先週あたりから少し具合がよくなってきたのでね。治療は、悪い肺を働かせずにおけば直る見込みも出てくる、というもの。気の長い話だと思うが、ちゃんとした看護を受けられるのはありがたい。いい病院で、みんなとても親切にしてくれる。あとは、リチャードにこの病気をうつさないようにすることだけだ。あの体では、いまのところはとてもそんな風には見えないが。いい体になって、さかんに農場の機械をいじったりしているよ。ぼくが病気に気がついてからは、なるべく近づけないようにしていたし、彼のミルクのことも心配なので、ツベルクリン検査をした牛を飼おうとも思っている。ミルクはいつも煮沸していたのだが、たまには忘れることもあるからね。年明けに妹が買い物や何かでロンドンへ行くとき、念のためレントゲンを受けさせようと思っている。

アマーシャム〔ロンドン西北の近郊〕で暮らしているのは楽しいだろうね。あの辺の田園は美しい。昔、国防市民軍の演習でバーカムステッド・コモンの草地に行ったことがあるのだが、いたるところ桜んぼをいっぱいつけた木ばかりだった。その晩は農家の納屋に分宿したのだけれども、明くる日の朝起きたらライオンの声が聞こえるのでびっくりした。もちろん、ウィップスネイド〔野生動物園〕の近くだったからなのだが、それを知らなかったのだ。

メアリー[*3]やみんなに、よろしく言ってください。いまさらパレスチナや何かのことを心配しても始まらないだろう。バカバカしい戦争が十年か二十年後には始まって、そうなればけっきょくこの国も地図からふっとんでしまうだろうね。どこか爆弾を落とす価値もない土地に家でも持って、少し動物でも飼いながら暮らすくらいしか希望はない。

いつか会えるのを楽しみに。

敬具

ジョージ

（『エンカウンター』一九六二年一月）

原注

＊1　T（トスコ）・R・ファイヴェル（一九〇七―　）作家、ジャーナリスト。オーウェルの友人で、当時『トリビューン』の文芸欄編集長〔八五年没〕。

＊2　一九四六―四七年の冬はとくに寒く、イギリスの燃料貯蔵量はきわめて乏しくて、恐慌をきたした。

＊3　ファイヴェル夫人。

病院にて（Ⅱ）　シーリア・カーワン宛ての手紙

ラナークシャ、イースト・キルブライド
ヘアマイアーズ病院　第三病棟
一九四八年一月二十日

愛するシーリア、
お心のこもった長文のお手紙をいただき、大喜びしています。家で二か月ばかり寝ていたあと、ここに入院して一か月ほどになります。病気のことはすでにお話ししたつもりでしたが、結核です。いずれ罹ることはわかっていて、前にも、あまりひどくないものに罹ったことがあるのです。しかしそれほど重態とは思えず、すこしずつよくなっているようです。一か月前のような今にも死にそうな気分ではなくなり、いまではよく食べて、十三キロ近く減っていた体重も少しずつふえてきました。今日レントゲンをとってもらいましたが、医者ははっきり好転していると言いました。それでも治療には手間がかかりますから、かなり長くここにいることになるでしょう。二か月くらいは、ベッドを離れることさえ難しそうです。病院でクリスマスを迎えたのは二度目。病院のクリスマスというのは、ベッドを一つの病棟に集めてのクリスマス・コンサートにクリスマス・ツリーとくるパーティがあるので、いささか苦手です。ここはとてもいい病院で、みんなじつに親切にしてくれるし、個室ももらっているのですが。ほんの少しでも、仕事を始めようと思っています。つまり書評ですが、これも三か月ぶりです。

お尋ねのドゥ・マゴという店は、よくおぼえています。一九二八年に、そこでジェイムズ・ジョイスを見かけた気がしますが、ジョイスはあまり外見の目立つ人ではなかったので、いまだに確かだと言える自信はありません。カミュといっしょに昼食をとる約束があって行ったこともあるのですが、カミュは病気のために来られませんでした。パリも、一九四五年の初めにぼくがいたころにくらべると明るくなったでしょう。当時は話にならないほど暗くて、むろん食うものも飲むものもほとんど手に入らず、だれも彼もみすぼらしい身なりで青い顔をしていました。とはいえ、いまのパリは昔のパリとはくらべものにならないはず。あなたはお若いから、二〇年代のパリをご存じなくてかえって幸せです。その後は、戦前でさえ、亡霊の街のようになってしまいました。ぼくがまたフランスへ行ける日は、いつになるでしょうか。いまのところは、例の外貨の問題があって旅行はできませんから。しかし、万一ぼくの本が何かベストセラーになったら、印税の一部をフランのまま預かっておいてもらって、フランスへ行って使いたいと思います。そのうちには病気もよくなって動けるようになるかもしれないと思うので、この冬は何とかして特派員の仕事でも手に入れて、暖かな土地で越冬したいと思っています。一九四六年から七年へかけてのロンドンの冬は、いささかひどすぎました。それがこんなざまになった原因ではないかと思います。ジュラ島はそれほど寒くありませんし、石炭ばかりか食料もロンドンよりは豊富なのでややましですが、ただ、本土へ渡れない時期に医者にかかる必要が出たときは、ちょっと困ります。去年のはじめに妹が脱臼したときなど、小さなボートで本土へ渡る途中であやうく溺死《できし》しかけました。その後のわたしたちの冒険をお知らせしたイネスの話は、いささか大げさでしたが、わたしたちが「ぼくらの未来」という映画にも出てくる、ジュラ島の北の有名なコリーヴレカンの渦でひどい目に会ったのは事実で、溺死しなかったのは幸運としか言いようがありません。リチャードが一緒だったのがいけないのですが、本人は水に漬かったとき以外はしゃぎどおしでした。ジュラ島はリチャードの健康にはいいのでしょう。ただ、ほかの子供たちをあまり見かけないので、いまだに言葉がずいぶん遅れているのが難点です。それ以外はきわめて積極的で元気一杯。一日中外へ出たまま農場で何かやっています。車の心配もせずに放り出しておけるのは、ありがたい話です。お暇なときに、またお便りをください。手紙をいただくのが楽しみなのです。

愛をこめて
ジョージ

病院にて（Ⅲ）ジュリアン・シモンズ宛ての手紙

ラナークシャ、イースト・キルブライド
ヘアマイアーズ病院　第三病棟
一九四八年七月十日

ジュリアン君、

『マンチェスター・イヴニング・ニューズ』[*1]に、じつに好意的な書評を書いてくれてありがとう。いま、切り抜きを入手したところ。奥さんもお元気で、お変わりないでしょうね。二十五日には退院することを、お知らせしようと思っていました。病院ではもうすっかりよくなったと考えているらしい。もっとも、かなり長いあいだ、たぶん一年かそこらは、おとなしくしていなければならないだろうが。起きていていい時間は一日に六時間だけだが、いまではベッドで仕事をするのにも慣れたから、これはあまり問題ないと思う。今週は妹がリチャードをつれてきた。クリスマス以来のことです。リチャードはものすごく丈夫で、こわいほど元気がいい。口をきくほうはまだ遅れているようだけれども、それ以外は歳より進んでいると思う。農場生活が向いているようだが、それも動物相手より機械に向いているらしい。ぼくはいまのところ、日に三時間起きてはちょっと散歩し、クローケをしている。だが、ここの生活は退屈なので、家に帰るのが楽しみです。冬まではロンドンには行けないと思うが、それまでには今年の春には終わる予定だったこのいまいましい小説も完成するつもり。ロンドンへ行ったら、まず寝てはいられないだろう。ここではほとんど話相手がいない。下の病棟には『ホットスパー』の編集長が入院しているのだが、あまりおもしろい相手ではない。彼の話では、『ホットスパー』の発行部数は三十万だそうだ。ぼくは、さいきん『政治と文学』に長いギッシング論を書いたが、何しろちかごろはギッシングの本がまったく手に入らないので、作品はほとんど見ないで書くしかなかった。ギッシング伝もたしかモーリー・ロバーツ〔作家。ギッシングの親友。『ヘンリー・メイトランドの私生活』（一九一二）という、ギッシングの作品名をもじった伝記的な小説を書いた〕の小説の形のくだらないもの以外、一つもないはずだ。ギッシング伝は、ぜひだれかがやらないといけない仕事だね。一、二年前にホーム・アンド・ヴァンタール[*2]が、ぼくにやらないかと言ってきたのだが、膨大な資料調査などとてもやる気になれなかった。

さいきんグレアム・グリーンの新作小説を読んだが、ひどいものだ。イーヴリン・ウォーの『ラブド・ワン』も、むろんおもしろいことはおもしろいが、世間が言うほどいいとは思わなかった。ぼくは世間とはちがって『ブライズヘッドふたたび』が、一見ひどい欠点だらけのようでも、非常にいいと思っている。レオン・ブロアの小説を読みたいのにどうしても手に入らないので、その文章の選集を読んでいる。多少腹のたつこともあるが。それにペギー〔シャルル・ペギー〕。これもさいきん読んでみたものの、気分がわるくなった。こういうカトリック作家たちには、そろそろまた反撃をくわえないといけない。ファレル〔ジェイムズ・ファレル。アメリカの作家〕の『スタッズ・ロニガン』もはじめて読んだが、完全に幻滅。読んだものはこのくらいだと思う。

　こっちの天気は六月中はひどかったが、やっとよくなってきて、みんなさかんに干し草の取り入れをやっている。釣りに行きたくてたまらないが、今年はむりだろう。釣り自体に体力がいるだけでなく、五マイルも十マイルも歩かなくてはならないし、さいごはずぶ濡れになるからね。奥さんによろしく。二十五日以後は、住所は以前と同じになります。つまりアーガイルシャ、ジュラ島、バーンヒル。

敬具

ジョージ

原注

＊1　ジュリアン・シモンズ〔一九一二―一九四。詩人、作家、批評家〕は、『マンチェスター・イヴニング・ニューズ』紙、一九四八年五月十九日号に、オーウェルの小説『空気を吸いに』の再刊本の書評を書いた。

＊2　出版社。

Ⅲ ユーモア・書物・書くこと

おかしくても、下品ではなく

イギリスのユーモア文学、つまり機知とも風刺とも無縁でひたすらユーモラスな文学の最盛期は、十九世紀初めの七十五年間だった。

ディケンズの膨大な滑稽ものや、サッカレーの「運命の靴」「ティミンズ家のささやかなディナー」といった才気煥発な滑稽ものや短編、サーティーズの『ハンドリー・クロス』、ルイス・キャロルの『不思議の国のアリス』、ダグラス・ジェロルドの『コードル夫人の寝室説法』といった作品、またユーモア詩でも、R・H・バラム、トマス・フッド、エドワード・リア、アーサー・ヒュー・クラフ、チャールズ・ステュアート・キャルヴァリーといった人びとのかなりの量にのぼる作品は、すべてこの時代のものなのだ。さらに、滑稽ものの二大傑作、F・アンスティの『逆もまた真なり』とグロウスミス兄弟の『無名人の日記』も、ほぼこの時期に入る。それに、滑稽画というものが、とにかく一八六〇年前後までは存在していたわけで、ディケンズの作品につけたクルックシャンクの挿絵、サーティーズのためのリーチの挿絵、それどころかサッカレー自身が自作のために描いた挿絵がいい例である。

そうは言ってもあまり大げさに、今世紀のイギリスにはユーモア文学の傑作は出なかったのだととられては困る。例えばバリー・ペイン、W・W・ジェイコブズ、スティーヴン・リーコック、P・G・ウドハウス、H・G・ウェルズの軽い作品、イーヴリン・ウォー、それにユーモリストというより風刺家といったほうがあたっているが、ヒレア・ベロックなどがいるのだ。それでも、『ピックウィック・クラブ遺文録《ペイパーズ》』〔ディケンズの作品〕に匹敵する大きさを持つ笑いの文学が出なかったばかりか、これはさらに重大なことだと思うが、この数十年間、一流のユーモア雑誌といったものがまったく出ていない。『パンチ』が「昔ほどおもしろくなくなった」という、よく聞く評判は、いまではあたらないだろう。十年前にくらべれば、多少おもしろくなっているのだ。ただし、九十年前にくらべたら、そのおもしろさががた落ちなことも確かである。

そして、コミック詩となると、これは完全に生気を失った。今世紀になってからは、ベロック氏のものやチェスタトンの一、二のものを別にすると、イギリスには読むに値する軽い詩は一つもない。また、そこに込められている冗談を離れて、それ自体でおかしくおもしろいような絵も、皆無にひとしい。

こんなことはすべて周知の事実である。笑いたくなったらミュージック・ホールかディズニー映画へ行くか、ラジオでトミー・ハンドリー〔イギリスのコメディアン。一八九二―一九四九〕を聴くか、ドナルド・マッギル〔オーウェル自身に「ドナルド・マッギルの芸術」というエッセイがあるが、彼はそこでマッギルの正体はわからない、と言っている。こっけいな「はがき絵」の画家〕の絵はがきを二、三枚買うかするだろうが、本や雑誌に手を出すとは思えない。それに、アメリカのコミック作家や挿絵画家のほうがイギリスより上だということも公認の事実である。イギリスには現在、ジェイムズ・サーバー〔一八九四―一九六一。アメリカの画家、作家。『ニューヨーカー』の編集長で、この雑誌を舞台に活躍した〕やデイモン・ラニョン〔一八八〇―一九四六。アメリカのジャーナリスト、作家〕に匹敵するものはいない。

笑いが生まれる理由とか、その生理学的効用については確かなことは知らないが、おおよその原因ならわかっている。

何かがおかしいのは、ほんとうに不愉快だったり怖かったりしたのではだめだが、それが既成の秩序をひっくりかえすときである。冗談は、すべてささやかな革命なのだ。一言でユーモアを定義するなら、権威が一本の鋲の上に尻餅をついたところだと言えばいいだろう。権威をぶちこわし、権力者を、それもなるべくなら派手にどすんと椅子からひきずりおろすものは、例外なくおかしいのだ。しかも落ち方が派手なほど、おかしみは大きい。カスタード・パイは牧師補より、もっと偉い主教に投げつけるほうがおもしろいのである。

この一般的原理を念頭において見れば、今世紀に入ってからイギリスのコミックもののどこがだめになったかも見えてくるにちがいない。

今日のイギリスのユーモア作家は、すべて上品すぎ、優しすぎ、知性の要求水準を下げすぎたのである。P・G・ウドハウスの小説やA・P・ハーバートの詩などは、どれをとっても郊外のゴルフクラブのラウンジで三十分ばかり暇をつぶしている、景気のいい株式ブローカーあたりを読者に想定しているらしい。こういう作家たちは、道徳的にも、宗教的にも、政治的にも、あるいは知的にも、泥に手を突っこむまいと用心しているように見える。現代のもっともすぐれたユーモア作家たち――ベロック、チェスタトン、また匿名の「ティモシー・シャイ」それにさいきん登場した「ビーチコーマ」など――が、たいていカトリックの代弁者なのは偶然ではない。つまり、これは、目的はまじめでも平気でベルトの下も打つことができる〔ボクシングの例え〕連中なのである。残酷さと知的に怖いものは避けるという、現代イギリスのユーモアの愚かしい伝統は、「おかしくても、下品ではなく」という言葉に要約できる。この場合の「下品」とは、ほとんど「猥褻」の意味であって、たしかに最上のユーモアが下ネタとはあまり関係がないことはまちがいない。たとえばエドワード・リアやルイス・キャロルはけっしてその種の冗談は言わなかったし、ディケンズやサッカレーの場合もきわめて稀だった。

サーティーズ、マリアット、バラムといった少数の作家にこそ十八世紀の品の悪さの名残りはあるものの、ヴィクトリア朝時代初期の作家は、だいたいにおいてセックスにかかわりのある冗談は避けた。だが「清潔なおかしさ」を強調する現代の風潮が、じつをいうと深刻な、あるいは論議を呼びそうな問題にはふれまいとする一般的風潮の現れだという点が、問題なのである。猥褻というのはけっきょく一種の破壊的行為なのだ。チョーサーの「粉屋の物語」〔『カンタベリー物語』のなかの一編〕は、『ガリヴァー旅行記』が政治的な分野における破壊行為なのとおなじく、道徳的な分野における破壊行為なのである。つまり、忘れがたいこっけい味を出すためには、金持ちとか、権力者とか、自己満足に浸っている人間が触れられたくない問題を、何かつきつける必要があるのだ。

ここまでにふれたのは、十九世紀の最高のユーモア作家ばかりだが、さらに時代を遡《さかのぼ》ってチョーサー〔十四世紀〕、シェイクスピア〔十六世紀〕、スウィフト、またスモレット、フィールディング、スターン〔以上四人とも十八世紀〕といったピカレスク作家たちまで引きあいに出してみれば、この論拠ははるかに確実になる。また、古代近代の、たとえばアリストファネス、ヴォルテール、ラブレー、ボッカッチョ、セルヴァンテスといった外国の作家たちまでふくめるなら、話はいちだんと確かになる。こういう作家たちは、例外なくきわめて残酷かつ下品である。人間を毛布にくるんで放り出したり、キュウリ栽培のフレームのなかへ落としたり、洗濯籠のなかへ押しこんだりする始末。かっぱらいはやる、嘘はつく、詐欺ははたらく。ありとあらゆる醜態が描かれているのだ。大ユーモア作家たちはすべて、社会が建前として守らざるをえない信念とか美徳といったものを攻撃しているのである。ボッカッチョは地獄と煉獄をバカげた作り話としてせせら笑うし、スウィフトは人間の威厳という概念そのものを嘲笑する。シェイクスピアはフォルスタッフ〔有名な作中人物〕に、戦場のまんなかで臆病心を讃える演説をさせる。結婚の神聖さにいたっては、中世一千年の大半、キリスト教社会における最大の笑話であった。

しかし、だからと言って、ユーモアは本来不道徳で反社会的だというのではない。冗談とは美徳にたいするせいぜい一時的な反抗にすぎず、その狙いは、人間をおとしめることではなくて、はじめから堕落しているのだぞと思い知らせることなのである。シェイクスピアでもあきらかなとおり、猥雑きわまる冗談を平気で言える性格と厳格きわまる道徳的基準とは共存できるのだ。ディケンズのように直接政治的な狙いを持っている作家もあれば、チョーサーやラブレーのように社会の堕落を必然と達観している作家もいる。だが、ユーモア作家には、スケールの大小はともかく、一人として社会を善と見ているためしはない。

ユーモアとは人間性の暴露であって、人間に関係がないものは一つとしておかしくはない。たとえば動物がおかしいのは、彼らが人間の戯画になっている場合だけである。石ころ自体には何もおかしみはないが、それが人間の目にあたったり、それで人間を彫刻したりすれば、おかしいものになりうるのである。

しかし、人間性を暴露する方法には、カスタード・パイを投げつけるよりもっと手のこんだものがほかにもある。純粋な幻想のユーモアもその一つで、これは、自分は尊厳をそなえているばかりか理性的な存在だという人間の自惚《うぬぼ》れをやっつけるのである。ルイス・キャロルのユーモアの本質は論理を嘲笑することだし、エドワード・リア〔一八一二―八八。十九世紀のノンセンス詩人で漫画家でもあった〕は、ポルターガイスト〔騒霊〕によって常識を揺るがす。「あたしは丘を見たけれど、それと比べたら、あなたはあれを谷と呼ぶでしょう」というレッドクイーン〔『不思議の国のアリス』の作中人物〕の台詞は、スウィフトやヴォルテールにも劣らない、社会の基盤にたいする彼女流の痛烈な攻撃である。リアの詩「ヨンギー・ボンギー・ボーの求婚」のようなコミック詩は、かろうじて現実の世界そっくりの幻想の世界を描くという手で、さかんに現実の世界から威厳をうばってみせる。だが、さらによく使われる手はアンティクライマックスで——高揚した言葉で始めておきながら、とつぜんどすんと落とすのだ。キャルヴァリーの詩はその好例である。

昔、ぼくは幸せな子供で
一日中、緑の芝生で歌っていた
すこし窮屈な青のスーツも
そう辛くはなかった

最初の二行を読んだときには、あとは子供のころの幸せな思い出を歌ったセンチメンタルな詩になると思うだろう。ベロック氏の『現代の旅人』の、アフリカへのさまざまな呼びかけにしてもおなじである。

ああ、神秘の国アフリカ
果てしない砂と
草木にかこまれた……
遥かなるオフルの、金の眠る土地
いにしえの王ソロモンが、
北、ペリムへと舟を走らせ、
すべての金を運びされば

　　のこったものは穴ばかり……

ブレット・ハートの、「モード・マラー」〔ホイッティアの叙事詩〕の後につけたパロディのなかの次の対句、

　　しかし二人が結ばれたその日
　　モードの兄貴ボブは酔っぱらった

も、本質的にはおなじ手だし、やりかたこそ違っても、ヴォルテールは戯詩『処女』で、バイロンもその詩のいたるところで、同じことをやっているのだ。

　今世紀イギリスの戯詩は――オーウェン・シーマン、ハリー・グレアム、A・P・ハーバート、A・A・ミルンなどの作品がいい例だが――どれもこれもお粗末な代物で、空想性ばかりか知性のかけらもない。ハイブラウになることを心配しすぎる彼らには、韻文を書いているくせに、詩人になる勇気もないのだ。ヴィクトリア朝初期の戯詩には、たいてい詩の霊がつきまとっているし、韻文の技巧にもきわめて長《た》けていることが多く、引喩も多岐にわたるせいで「難解な」場合がある。バラムの、

カリピージュは後ろを切られ
あわれ！
ド・メディチは前を切られたが
アナダイオミニー〔アフロディテ〕はいたるところを切られて
すくなくとも、
二十本は、手足の指が床に転がっている。

という箇所など、おそらく本格派の詩人も頭を下げる名人の技と言うほかはない。あるいは、ふたたびキャルヴァリーから、こんどは「タバコ頌」を見てみよう。

恐怖の襲うときも、汝が一言
さがれと命じれば、騎士の背にまつわる不安も
ころげ落つ。
曇り空の朝に甘く、
晴れたのちも甘く、

昼餉のとき、一日の終わりには
その甘さ類なしと言わん！

キャルヴァリーが読者に重荷を課することも辞さず、ラテン文学の素養を持ちこんでいることは言うまでもない。こういう風に無教養な輩など相手にせず——典型的な例が「ビール頌」だが——平気で真の詩にぎりぎりまで迫り、読者に相当の学識を要求しているからこそ、みごとなアンティクライマックスを実現することもできるのだ。

下品にしなければ「おかしく」はならないように見えるかもしれない——だが、この下品さとは、いまのイギリス・ユーモア文学の大部分が対象として考えているらしい大衆の水準における下品さにすぎない。下品とされるのは「セックス」にかぎらないのである。それは死もお産も貧乏も同じであって、この三つも一流のミュージック・ホールの笑いの十八番なのだから。そして、知性とか強い政治的感情などをあつかっては、これは下品ではなくても野暮と見られるのである。ぬくぬくと暮らしている階級をくすぐるのが第一の目的では、ほんとうのおかしさは生まれない。それではあまりにも大きなものが抜けてしまう。それどころか、おかしさを生むには真剣にならなければだめなのだ。『パンチ』誌は、すくなくともこの四十年間は、おもしろがらせるより励まそうとしている感じだった。

そこには、万事順調でほんとうに変わるものなど一つもないというメッセージがひそんでいるのだ。

創刊当時の信条は、およそそんなものではなかったのだが。

（一九四四年十二月執筆。『リーダー』一九四五年七月二十八日号）

ノンセンスな詩

ノンセンス・ポエトリー〔意味のない詩〕というのが皆無の国語はいくらでもあるというし、英語にもそれほど多くはない。大部分は童謡〔ナーサリーライム〕と民謡で、そのなかには、初めはかならずしもノンセンスではなかったのに、元の意味が忘れられたためにそうなってしまったものもあるのかもしれない。たとえば、マージェリー・ドウが主人公の歌はどうだろう。

ぎっこんばったん、マージェリー・ドウ、
ドビンは旦那を代えたって
もらえる日当一ペニー
のろまな奴だよいつまでも。

わたしが子供のころにオクスフォードシャでおぼえた歌詞は、次のようになっていた――

ぎこんばったん、マージェリー・ドウ
ベッドを売って藁に寝た。
バカなスケだねどこまでも、
ベッドを売って土間なんて。

ほんとうに、マージェリー・ドウという女がいたのかもしれず、ドビンという男もいて、何かの関係で物語のなかに入ってきたのかもしれない。『リア王』のなかでエドガーが吐く「ピリ公はピリ山にすわっていた」のような半端な言葉は、ただのノンセンスにすぎないが、こういう半端な言葉の源にも、元来は意味があったのにそれがわからなくなった民謡があることはまちがいないのだ。人がほとんど意識せずに引用する典型的な民謡の一節となると、これはかならずしもノンセンスとは言えず、日常茶飯事についての、歌の形での批評のようなものになる。たとえば「一ペニーでひとつ、一ペニーでふたつ、ホットクロス・バン〔十字架のついた菓子パン。受苦日に食べる〕」とか、「ポリー、薬缶をお掛け、みんなでお茶よ」といったものを考えてみればいい。一見たあいのないこういう歌が、じつは底の深い厭世《えんせい》的人生観、つまり農民の墓地の知恵を表していたりするのだ。例をあげよう。

ソロモン・グランディ、
誕生日が月曜、
洗礼は火曜、
結婚は水曜、
病気は木曜、
金曜にゃ重態、
土曜にゃ死んだ、
日曜にゃ葬式、
ソロモン・グランディ一巻のおわり。

暗い人生だが、驚くほどだれの人生にも、というよりわたしの人生にそっくりだ。シュールリアリズムが意図的に無意識の領域を攻略するまでは、歌のなかの無意味なくりかえし以外には、ノンセンスをめざした詩はあまりなかったように見える。だからこそ、エドワード・リアの位置は特異なのだけれども、そのノンセンス詩が、こんど戦前の一、二年ペンギン版の編集長だったこともあるR・L・ミーグロズ氏によって編纂された。*1 リアは、風刺の意図などまったくなしに空想の国々と造語を駆使して純粋な幻想にあそんだ、さいしょの作家の一人である。そのノンセンスの形は、どの詩でも同じというわけではなく、なかには論理の逆転で効果をあげているものもあるが、底にひそんでいる感情が冷酷さではなく悲しみだという点は、どの詩の場合も同じである。歌われているのは、愛すべき狂気であり、すべての弱いもの愚かなものにたいする自然な同情なのだ。ほとんどそっくりの詩格形式の詩を書いた詩人ならリア以前にもいるのだが、リアこそリメリック〔弱弱強調の五行からなり、一、二、五行は三脚で押韻し、三、四行は二脚で押韻する詩形式〕の創始者と言ってよく、ときによると彼のリメリックの弱点と言われることもある、第一行と最終行の韻が同じだという事実は、むしろ魅力になっている。変化がごくわずかなものだからこそ虚しい印象もつよまるのであって、大きな変化があってはそれが台無しになってしまうだろう。例をあげてみよう——

若い淑女がポルトガル
海に夢中で忘られず
のぼったとこは木の上で

海をながめていたけれど
出ていかないわポルトガル。

リア以後には、印刷するに足りて、しかも引用に値すると思えるほどおもしろいリメリックが皆無にひとしいという点――それが重要なのだ。しかし、彼が本領を発揮しているのは、「梟と猫」とか「ヨンギー・ボンギー・ボーの求婚」のような、もうすこし長い詩である。

コロマンデルの海岸にゃ、
早なりカボチャの花が咲く、
森のひろがるまんなかの
ヨンギー・ボンギー・ボーの家。
ぼろ椅子ふたつにロウソクちびて――
ぼろい水差し把手もなくて――
所帯道具はそれだけの、
森のひろがるまんなかの、

所帯道具はそれだけの
ヨンギー・ボンギー・ボー、
ヨンギー・ボンギー・ボー。

そのあとにドーキング種の白い鶏を飼っている女性が登場して、実らぬ恋物語がつづく。ミーグロズ氏が、これはリア自身の人生にあった出来事を歌っているのではないかと考えているのもうなずける。リアは一生結婚しなかったから、その性生活に深刻な不都合があったことは、容易に推測できるのだ。精神科医なら、彼の描きだす絵やくりかえし出てくる「ランシブル」〔造語なので意味不明だが、「バウンス」（跳ねる）の方言として用いられることのある「ラウンス」に、「できる」の意味の語尾をつけたものか〕といった造語に、いくらでも意味を見つけることだろう。リアは病弱だったし、貧しい家の二十一人の子供の末っ子だったから、幼いころから不安や辛酸をなめたにちがいない。彼が不幸で、よい友達に恵まれたにもかかわらず生まれつき孤独だったことは、明らかなのである。

オルダス・ハックスリーは、リアの幻想は自由を要求しているものだと解して称賛し、その詩のなかの「人びと」は、常識とか合法性といった、おもしろくもない美徳一般を表すのだと言っている。「人びと」とは現実的・実務的な人間であって、こっちがするに値することをしようとすると必ずとめたがる、山高帽をかぶった謹厳な人間なのだ。たとえ

ば、

ワイトヘヴンのお爺さん、
烏と踊ったカドリール
世間の人が言うことにゃ
「あれじゃ烏がつけあがる」
ぽかりぽかりと殴られたワイトヘヴンのお爺さん。

烏とカドリールを踊ったというだけで殴るとは、いかにも「人びと」がやりそうなことではないか。ハーバート・リードもリアを称賛して、彼の詩のほうが純粋な幻想であり、ルイス・キャロルより上だと見ている。わたしの場合は正直なところ、無責任な遊びを抑えて戯作や倒錯した論理めいたものが見えてくるときのリアが、いちばんおもしろい。架空の名前をならべたり、「家庭料理法三題」の場合のように空想が走りすぎたときには、バカバカしく、おもしろくないものになりがちなのである。「爪先のないポブル」〔ポブルはペブル（小石）の方言、「爪先」には、「爪先に用心」という成句として使われるばあい「注意」の意味があるから、爪先のないポブルとは「不注意な庶民」の意味になると思われる〕には論理の亡霊がつきまとっているにもかかわらず、これがおもしろいのは良識を秘めているからだろう。ご存じのとおり、ポブルはブリストル海峡へ釣りに行く――

奴は遠くの向こう岸――
水兵・提督騒ぎだし、
「あいつが釣りに行ったのは、
ジョビスカおばさんの猫のせい
猫のお髭が真っ赤なせい！」

この詩のおもしろさは、戯作的な味、提督たちの存在にかかっている。いいかげんな造語だの「猫の真っ赤の髭」などは、むしろ煩わしい。彼は泳いでいるときに得体の知れない動物に爪先を食いちぎられてしまうが、家へ帰ってくると、おばさんが言う。

「どこのだれでも知っている、
幸せなのよポブルたち、爪先なんかないほうが」

ここがまたおもしろいのは、意味、それも政治的な意味とさえ言っていいものがあるからなのだ。独裁政治の理論とは、要するに、ポブル的な人間は爪先などないほうが幸せだ、ということにつきるのだから。同じことは、次の有名な詩にもあてはまる。
昔々のベイジング、
落ちつきはらった爺さんが、
馬買って
とばしてすたこらと、
ベイジングの衆から逃げだした。
これは、かならずしもでたらめとは言えない。そのおかしみは、ベイジングの衆にたいする隠れた批判にあって、この衆も「人びと」、つまり律儀で芸術嫌いの、体面にこだわる多数派なのである。

同時代の作家でリアにいちばん似ているのはルイス・キャロルだが、キャロルは本質的にリアほど幻想的ではなく、結局こちらのほうがおもしろいと思う。ミーグロズ氏も序文で言っているとおり、リアはその後かなりの影響をあたえたけれども、それが全面的にいい影響だったとは思えない。今日の児童図書に見られるバカバカしいふざけかたの源は、ある程度リアに求められるかもしれないのだ。とにかく、リアの場合には成功したものの、意図的にノンセンス詩を書こうと試みるのは愚かしい。もっとも優れたノンセンス詩は個人が作るのではなく、社会のなかから徐々に巧まずして生まれてくるものにちがいないのである。しかし、漫画家としてのリアのほうは、いい影響をあたえたと言えるだろう。たとえばジェイムズ・サーバーが直接間接にリアの影響を受けていることは、あきらかなのだ。

（『トリビューン』一九四五年十二月二十一日号）

原注

＊1　R・L・ミーグロズ編『リア選集』

懐かしい流行歌

風呂場やバスの二階でのこたえられない楽しみは、懐かしい流行歌を思い出して、時代順にならべてみることである。

いちばん好きな歌は、たいていさいきん一、二年のものだが、おもしろいことに、こういう歌には多少とも現代の歴史に一致する一つの型がある。

わたしがおぼえているいちばん古い歌は、たぶん一九〇七年か八年のものだったと思うが、「ローダのパゴダ〔東洋の塔〕」である。ばかばかしいことこの上ない歌なのに、まさに大流行したのだった。そのあとはラグタイムが登場するまで四年ほど、歌のできた年がはっきりしない時期がしばらくつづく。

そのなかには、「いい娘が好きな水兵さん」「西部のわが家」「くすぐらないで、ジョック」「ジョーンズは槍騎兵」（これはヴィクトリア朝の歌の復活だったか）「土曜は浮かれて」

などがある。それに、たしか腹話術がよく使った「おお、ラッキー・ジム、羨ましいあいつ」も、この時期のはず。一九一二年ごろには、アメリカからラグタイムがやってきて、一年くらいはいたるところで、「みんなやってる、やってる、何を？　ターキー・トロット〔二人ずつ組んで輪になって踊るダンス〕踏んでるよ」を代表に、似たような知的レベルの歌が聞こえていた。一九一四年以前の飽食と喧騒の時代、ホブルスカート〔裾をすぼめたロングスカート〕と婦人参政権運動の興奮の時代の歌は、どれもこれも呆れるほどくだらないものばかりだった。

一九一三年か一四年には、アイルランドの歌がどっと入ってくる。その一つが「ティペレアリー〔アイルランドの州名。第一次大戦で、ここの出身の兵士が歌った行進歌〕」で、フランスにさいしょに上陸したイギリス軍部隊がこの歌を歌ったために、発音はいろいろだったが世界中で歌われるようになった。年がちがえば「デイジー、デイジー」や「樽から出なよ」が歌われてもよかったかもしれない。「お熱のギルバート、Kに夢中のだて男」もたしか一九一四年だし、「さよなら、いい娘、さようなら」も同じ年のはず。

第一次大戦初期の歌は、愛国的だった。徴兵促進のための「きみを守りに」の他にも、「悩みはみんな背嚢に」「ラインの監視」「銃後を守れ」がある。

これが一九一七年ごろになると、ノスタルジックな歌が登場する。「この世にきみが一人なら」をはじめ、「チュー・チン・チョウ」のなかのいろいろな歌が流行った。「K、K、

K、カティ」「おかしな女」をはじめとする戦争の歌があふれて、くだらない歌は頂点にたっした。

「悲しくって、
悲しくって、
ぼくが夢中な
美人の看護婦」

戦後は明るい歌が流行って、一九二〇年か二一年には陽気な「ハエは冬にはどこへ行く」と「まっくろけ母ちゃん」が登場した。

「いつになっても夢見がち」も、この時期のものである。

われわれの時代の最高の流行歌が登場したのは、二〇年代半ばだろう。「母ちゃん、キスされちゃったの」「どうしてあの娘にキスなんか」「マギー。何だい、母ちゃん。すぐ二階へおいで」の年代は、正確にはわからないが一九二五年前後のはずだ。

しかし、だんとつのヒットは、「恋しいバナナ」(一九二三)、「雨あがり」(一九二四)、「家へ帰ろう」(一九二五)の三曲である。とにかく、前の二曲はインフルエンザのように世界中にひろまって、アジアの寒村や南アメリカの原始的な部族のあいだでも歌われたのだった。

やや下って、ほぼ同じくらい流行したのは「イタリアの夜はふけて」「チッ、チッ、チッ、チッ、チキン」「今夜はあの娘に西瓜をやるぞ」だ。

「そうです、あれはぼくのいい娘です」と「幸せになりたい」は、もうすこし早く——たしか一九二四年ごろのはず。みんなアメリカの歌で、バカ陽気で、バカらしさがお愛嬌なところは、いかにも戦争が遠くなった時代を思わせる。

こうした歌から一九三〇年までの時期のものでは、「バイ、バイ、ブラックバード」(一九二七)しか思い出せない。

一九三〇年と三一年には、やはり不況を反映して、悲しげでノスタルジックな歌がどっと出てきた。「ダニー・ボーイ」「涙のダンス」「悲しき鐘」などである。

「無縁川」も一九三〇年。

一九三〇年ごろからは大々的なヒットは出ず、世界中で同時に歌われた歌はない。イギリスでもっとも流行ったのは、おそらく「アナの喘ぎ」(一九三二)と「樽から出なよ」(一九三九)、それに「デイジーにごつん」(一九四〇)だろうか。

戦争末期の二年にドイツ兵ばかりか英米の兵士のあいだでもいちばん愛唱されたのは、

おそらく、センチメンタルな「リリー・マルレーン」である。「イングランドは永遠に」は例外かもしれないが、これを別にすると、露骨に愛国的なのにれっきとした流行歌になったイギリスの戦争歌は一つもなかった。

だがここ数年は、歌詞に今の政治状況が反映していると思える歌がいくつも出てきた。「許されざること」(一九三五)はヒットラーを多少意識していると思えるし、「願いはかなう」(一九三八)には、当時の大部分の民衆の気分が出すぎるほど出ている。

(『イヴニング・スタンダード』一九四六年一月十九日号)

よい悪書

しばらく前に、ある出版社が再刊することにした、レナード・メリック〔一八六四―一九三九。大衆作家。探偵小説や、代表作『コンラッドの青春』（一九〇三）など〕の小説の序文をたのまれた。この出版社は、二十世紀の忘れられかけている二流小説を、長いシリーズにして出す予定らしい。これはいまのように本の少ない時代には貴重な企画で、少年時代の愛読書を求めてゾッキ本の箱をあさってまわるのが仕事の人がうらやましくさえなる。

当節ではまず現れそうにないが、十九世紀末から二十世紀初めにかけて爛漫と開花したものに、チェスタトンの言葉を借りれば「よい悪書」という類の本がある。つまり、野心的な文学ではないのに本格的な作品が滅びたあとでもなお読むにたえる類の本である。この種のもので傑出しているのが「ラフルズもの」〔E・W・ホーナング（一八六六―一九二一）の『素人泥棒ラフルズ』（一八九九）。オーウェルには、この『ラフルズ』と、その約三十年後のベストセラー、ジェイムズ・ハドリー・チェイスの『ミス・ブランディッシュの蘭』の作風を比較して社会の道徳観の推移を論じたエッセイがある〕とシャーロック・ホームズものであることは疑いない。この二つの地位は、無数の「問題小説」「ヒューマン・ドキュメント」「痛烈な告発」の類が当然のように忘れさられてしまったのちも安泰なのだ（コナン・ドイルとメレディスでは、どちらが長持ちしているか？）。わたしはこの仲間に、R・オースティン・フリーマン〔一八六二―一九四三。初め医師としてアフリカに赴任した経験を活かした作品を書き、のちにはソーンダイク博士を探偵とする一連の作品で有名〕の初期の短編――「歌う骨」や「オシリスの眼」など――や、アーネスト・ブラーマ〔一八六八―一九四二。盲目の探偵マックス・キャラドスが中心の作品で有名〕の『マックス・キャラドス』〔一九一四〕、またやや水準は下がるが、ガイ・ブーズビー〔一八六七―一九〇五。オーストラリアの作家〕のチベット・スリラーもの『ニコラ博士』〔一八九六〕などを、ほぼ同類のものとしていれたい。『ニコラ博士』は、ユック〔フランス人宣教師〕の『ダッタン旅行記』の小学生版ともいうべきもので、これを読んでから実際に中央アジアを訪れたらいささか興ざめするだろうが。

だが、スリラーは別にしても、この時期には二流のユーモア作家たちがいる。たとえばペット・リッジ〔一八六〇―一九三〇〕――ただし、彼の長編はもはや読むにたえそうもないことは認める――E・ネズビット〔一八五八―一九二四。児童文学者として知られる女性作家〕（『宝探したちの物語』）、政治にくちばしを入れないうちはよかったジョージ・バーミンガム〔一八六五―一九五〇。本名ジェイムズ・O・ハネイ。ダブリン出身の牧師だったが、ユーモア作家に転じて成功した〕、ポルノ作家ビンステッド（『桃色野郎』の「水さし」）、それにアメリカの本もいれてよければ、ブース・ターキントン〔一八六九―一九四六〕のペンロッドもの〔一九一四年刊の『ペンロッド』に始まる連作。中西部の小都市を舞台にアメリカの少年たちの冒険を描く〕がある。中でも白眉はバリー・ペイン〔一八六四―一九二八。ケンブリッジで古典学を専攻。在学中から文名をあげ、ジェローム・K・ジェロームの後をついで『トゥデイ』の編集長をつとめた。二十世紀初頭の代表的なユーモア作家〕である。ペインのユーモラスな作品のなかには今でも出版されているものもあるようだが、まず見つからないとは思うけれど、いまではめったに手に入らない本を一冊推奨しておく。ぶきみな世界を探究してあざやかな手腕を発揮している『クローディアスのオクターブ』である。これよりやや後れると、W・W・ジェイコブズ〔一八六三―一九四三。短編が有名。水夫や田舎のならず者の冒険を描くものと、ぶきみな世界を扱ったものとがある〕の流儀で東洋の港町を描き、H・G・ウェルズが称賛した文章まであるのになぜか忘れられてしまったピーター・ブランデルもいる。

しかし、いまとりあげた本はどれもみな、あきらかに「逃避の文学」である。記憶のなかに心地よい場所を、ときどき心を休めることができる静かな一隅をつくりはしても、まず現実の人生に関係があるとは言えない。こういうものとは別に、もっと真剣な意図を持っていて、小説の本質と小説が現在頽廃してしまった理由を多少とも教えてくれるはずの、よい悪書が存在するのである。過去五十年間には、厳密な文学的基準ではとても「よい」とは言えないが、生まれながらの小説家で、なまじ良い趣味など持ち合わせていないせいもあって嘘のない表現にたっしていると思える一群の作家がいて、なかにはいまなお書いている作家もいるのだ。この部類にいれたいのが、冒頭でふれたレナード・メリックや、

W・L・ジョージ〔一八八二―一九二六〕、J・D・ベレスフォード〔一八七三―一九四七〕、アーネスト・レイモンド〔一八八八―一九七四。ベストセラー『イングランドに告げよ』の著者〕、メイ・シンクレア〔一八七〇―一九四六〕、それにやや落ちるけれども本質は同じA・S・M・ハッチンソン〔一八七九―一九七一。後述『冬来たりなば』（一九二一）の著者〕などである。

彼らはたいてい多産な作家だったから、作品の質にばらつきがあるのは当然で、わたしが考えているのは、どの作家の場合も一、二の傑作のことだけである。たとえばメリックなら『シンシア』、J・D・ベレスフォードは『真理志願者』〔一九一二〕、W・L・ジョージは『キャリバン』、メイ・シンクレアは『複合迷路』〔一九一三〕、アーネスト・レイモンドなら『われら、被告』〔一九三五〕といったものである。こういう作品では、著者は例外なく作中人物と一体化し、彼らと同じ気持ちにひたって、読者の同情を引こうとしている。こういう奔放さが、賢い作者にはまねができない。そこではっきりわかるのは、知的洗練というのは、物語作者の場合も、ミュージック・ホールのコメディアンの場合とおなじくじゃまになりかねないという事実である。

たとえばアーネスト・レイモンドの『われら、被告』を例にとると、これはおそらくクリッペン事件〔二十世紀初頭の有名な殺人事件。医師クリッペンが妻を毒殺して死体を切断し、愛人とアメリカへ逃亡しようとした〕が材料の、きわめておぞましい、迫真力に富んだ殺人ものだが、この場合は作者が登場人物の話にならない下劣な品性を充分に理解していず、そのために彼らを軽蔑していないおかげで大いに得をしていると思う。

セオドア・ドライサーの『アメリカの悲劇』〔「陽のあたる場所」という題名で映画化されている〕の場合とおなじ、不器用でまわりくどい書き方でも、得をしているのかもしれない。事実を選択することなどまったく考えていないかのように、こまかな事実がつぎつぎに積みかさねられていくうちに、耐えがたいまでに残忍な雰囲気が高まってくるのだ。これは『真理志願者』の場合も同じで、こちらはレイモンドほど不器用ではないにしても、凡庸な庶民の抱えているさまざまな問題を大まじめにとりあげている点は同じである。同じことはメリックの『シンシア』についても、また、すくなくとも前半に関するかぎりは、W・L・ジョージの『キャリバン』についても言える。W・L・ジョージの作品は大部分がくだらないものだが、新聞界の大立者ノースクリフ卿の生涯に取材したこの作品にかぎっては、ロンドンの下層中産階級の生活を忘れがたいほど正確に描写してみせた部分がある。おそらく、ある部分は自伝なのだろうが、よい悪書の作者たちの一つの強みは、平然と自伝が書けることなのだ。自己顕示と自己憐憫は小説家の鬼門とは言え、あまりこれにこだわると創造力をそがれる結果にもなりかねないのである。

よい悪書の存在——知性など頭からバカにして問題にしない本が、おもしろかったり、それに興奮したり、それどころか感動することさえあるという事実——を見れば、芸術は大脳作用とは別物なのだということがわかる。考えられるかぎりのいかなる検査をしてみようと、知性ではカーライルのほうがトロロープより上だという結果が出るだろう。ところがトロロープの作品はいまだに健在なのに、カーライルはだめになってしまっている。カーライルはあれだけ頭がよかったにもかかわらず、平明な英語を書く才さえなかったのだ。詩人とおなじく、小説家の場合も知性と創造力の結びつきは、一筋縄ではいかないのである。フロベールのように、すぐれた小説家が大禁欲家のばあいがあるかと思うと、ディケンズのように知性がだらしなく寝ころんでいるようなばあいもある。ウィンダム・ルイス〔一八八二―一九五七。イギリスの作家、評論家、画家〕が小説と称している『ター』や『きざな准男爵』には、並の作家の何十人分かの才能がつぎこまれているが、その一冊でも読みとおすのは重労働にちがいない。この手の本には、『冬来たりなば』程度の本にでもふくまれている、ある説明しがたい性質、文学的ビタミンとでも言うべきものが欠けているのだ。

「よい悪書」の代表格は『アンクル・トムの小屋』かもしれない。これはバカバカしいメロドラマ的な出来事だらけの、わざとそうしたわけではないにせよ、こっけいな本である。ところがじつに感動的で、本質的な真実を衝いてもいるのだ。どちらの面が大きいかは、かんたんには言えない。だが、けっきょく『アンクル・トムの小屋』は真剣で、現実の世界と取り組もうとしているのだ。あけすけに逃避的な作家、スリルや「軽い」ユーモアの仕出屋のほうはどうだろう。『シャーロック・ホームズ』『逆もまた真なり』『ドラキュラ』

『ヘレンの坊やたち』『ソロモン王の洞窟』などの場合である。こういう本は、たしかにみんなバカバカしい本で、それと「共に」笑うというより、それ「を」笑いたくなるような、そもそも作者自身さえ本気では考えていない本である。それなのに、こういう本は生きのびていて、この事情はおそらく将来も変わらないだろう。言えることはただ、ときには気晴らしを必要とするような文明がつづくかぎり、「軽」文学にも指定席があるということである。また、純粋な技巧、生来の品位というものがあって、そのほうが博識や知力より生きのびるということである。ミュージック・ホールの歌にしても、『詩華集』に収まる詩の四分の三よりはましな詩なのだ。

おいで、酒は安いよ
おいで、ジョッキはたんと入るよ
おいで、亭主はちょっと変わり者だよ
おいで、パブは隣にあるよ！

もうひとつ——

黒くかわいいふたつの瞳――
　何という瞳
　またもや男を迷わせる
　黒くかわいいふたつの瞳

わたしは、たとえば「聖なる乙女」〔D・G・ロセッティの詩〕や「谷間の恋」〔G・メレディスの詩〕よりも、よっぽどこういう詩のほうを書きたい。また作品の優劣を決める厳密な文学的テストなどは寡聞にして知らないけれども、『アンクル・トムの小屋』のほうがヴァージニア・ウルフやジョージ・ムアの全作品より寿命が長いというほうに賭けよう。

（『トリビューン』一九四五年、十一月二日号）

バンゴーから汽車に乗って

かつては世界中でもっともよく読まれた本の一つ、『ヘレンの坊やたち』[*1]〔十九世紀末のアメリカ作家ジョン・ハバートンの作品。著者の幼い息子たちの冒険にもとづくユーモラスなベストセラー〕が復刊された。大英帝国のなかだけでも二十社から海賊版が出たのに、数十万あるいは数百万にのぼる売上から著者が得たのは四十ポンドだったという本だが、三十五歳以上の本の読める人なら、だれでも感慨をおぼえるだろう。こんどの版は、完全に満足できるものとはいかず、安っぽい小型本で、挿絵もいささか貧弱だし、アメリカ方言には省かれたものもあるらしく、初期の版では合冊になっていることが多かった続編の『よその子供たち』も入っていない。それでも、『ヘレンの坊やたち』の復刊はうれしい。これは、さいきんでは稀覯《きこう》本になってしまったものの、今世紀初頭に生まれた人びとを育てた少数のアメリカ本のなかでも、最高の作品の一つなのである。

子供のころに読んだ本、なかでも悪書や、「よい悪書」は、心のなかに一種の虚構の世界地図を創りだすものだ。その後の人生のときどきに、ふたたび訪れる夢のような国々、ときには現実にその国を訪れたあとでも、なお心から消えない国々である。パンパス〔大草原〕、アマゾン河、太平洋の珊瑚の島々、カバの木とサモワールの国ロシア、特権貴族と吸血鬼のトランシルヴァニア、ガイ・ブーズビー〔一八六七―一九〇五。オーストラリア生まれの大衆作家〕の描く中国、デュ・モーリエ〔一八三四―九六。英国の画家、作家。ダフネの祖父〕のパリ――こういうリストなら、いくらでもあげられる。だがわたしがもう一つ幼いころに見つけた空想の国は、アメリカだった。「アメリカ」という言葉に立ちどまって現実をそっと脇へ押しやり、子供のころに見たその幻を呼びもどしてみると、うかんでくるのは二つの絵である。その絵は、むろんいろいろなものがまじった複雑なものだが、こまかいところは思いきって省略することにしよう。

一つは、白い漆喰《しっくい》塗りの石造りの教室にすわっている少年の姿だ。少年はズボン吊りをしていてシャツはつぎだらけ、夏なら裸足である。教室の隅には飲み水をいれたバケツが置いてあって、杓《ひしゃく》がついている。少年の住んでいるのは農家で、これも石造りで白漆喰が塗ってあり、そのうえ抵当に入っている。少年は大統領になることを夢見ているのに、いつでも山のような薪を作っておくように命じられている。この絵には、どこかに聖書がひそんでいて、それが黒々と全体に大きくたちはだかっている。もう一つは、背の高い骨ばった男が、潰れた帽子を目深にかぶり、木の柵に寄りかかって棒を削っている絵である。

男はたえず顎をゆっくり動かしながら、ときどき思い出したように「女ってのは、ラバを別にすりゃ、いちばん手に負えねえ獣よ」とか、「やることがねぇんなら何もするな」といった警句を吐く。しかし、彼がもっとひんぱんに前歯の隙間から景気よく吐き出すのは、嚙み煙草の汁だ。わたしの最初のアメリカの印象は、この二つの絵が結びついてできあがったのだった。そして二つのうちでは初めの絵――これはおそらくニューイングランドで、後のほうは南部だろう――のほうに、つよく魅せられたのである。

こういう絵の源となった本のなかには、むろん『トム・ソーヤー』とか『アンクル・トムの小屋』のような、いまでも本格的な論議の対象になる本もふくまれているが、もっとも強烈にアメリカの匂いを放っていたのは、いまではほとんど忘れられた二流の本だったのだ。たとえば、延々と大衆に読みつがれたあげくメアリー・ピックフォード〔一八九三―一九七九。サイレント映画時代の代表的アメリカ女優。「世界の恋人」とまで呼ばれた〕主演で映画化された『サニーブルック農場のレベッカ』〔アメリカの女性児童文学者ケイト・ウィギン〔一八五六―一九二三〕の、一九〇三年の作品。独身のおば二人の許に預けられた、父のない勝気な娘レベッカが自立心に富んだ冒険の末、幸福になる物語〕など、いま読む人がいるだろうか。あるいはスーザン・クーリッジ〔本名サラ・チョーンシー・ウルジー。一八四五―一九〇五。十九世紀末アメリカの女性児童文学者〕の『ケイティの学校生活』〔一八七三年刊。アメリカの小さな町に住んでいる五人きょうだいの長女ケイティが、母亡きのち、一家の中心となる成長の物語『ケイティの成功』の続編。ニューイングランドの全寮制女子校での、ささやかな陰謀を描く〕など、「ケイティ」ものはどうだろう？　これは少女小説だから「おセンチ」とはいえ、いかにも外国らしい魅力にあふれている。ルイーザ・オルコットの『若草物語』と『良妻物語』は、たしかにいまでもときどき出ているようだし、いまだに愛読者がいることはまちがいない。子供のころのわたしは、どちらも大好きだった。ただし、この三部作でも『若衆物語』は、それほど好きではなかったが。校長を殴らされるのが最大の罰で、「そうすれば相手より自分のほうが傷つく」という原理にもとづいた模範的な学校など、ちょっと信じられなかったのである。

『ヘレンの坊やたち』の世界は『若草物語』とほとんど同じだったから、出版された時期もほぼ同じだったのだろう。このほかにも、アーティマス・ウォード〔一八三四—六七。本名チャールズ・F・ブラウン。ユーモア作家〕も、ブレット・ハート〔一八三六—一九〇二〕もいれば、いろいろな歌、聖歌、バラードも、「バーバラ・フリッチー」（『ぜひもなければ、わたしの老いた白髪頭を撃つがよい。だが御身の祖国の旗は撃ってはいけない』と女は言った）〔十九世紀半ばのアメリカの詩人J・G・ホイッティアの詩〕も、「テネシーのリトル・ギフォード」のような、南北戦争をあつかった詩もあった。だれも知らないのであげても仕方がない本、家屋敷が抵当に入っていたことしかおぼえていない雑誌の物語などが、まだほかにもある。『黒馬物語』〔一八七七年刊。イギリスの女性小説家シューエルの作品〕のアメリカ版『かわいいジョー』〔一八九四年刊。カナダの女性作家マーシャル・ソーンダーズの、犬が主人公のメロドラマ。最初の主人に虐待されて耳と尻尾を切られた犬の冒険〕もあったが、これはゾッキ本の箱を探していればいまでも見つかるかもしれない。ここにあげた本は、どれも一九〇〇年よりずっと前に書かれたものだが、独特のアメリカ的な香りは今世紀まで尾をひいて、それは、たとえば色刷り付録のバスター・ブラウン〔アメリカの漫画家R・L・アウトコールトが二十世紀初頭に生み出した続きもの漫画の主人公〕どころか、一九一〇年前後に書かれたはずのブース・ターキントン〔一八六九―一九四六。アメリカの大衆作家〕の「ペンロッド」もの〔中西部の小さな町に育った町一番の悪ガキ、ペンロッド・スコッフィールドの物語。黒人の友だちと犬を相棒に、好きなものを食べまくった末、三文作家になる〕にさえ見られるのである。その名残りは、アーネスト・トムソン・シートン〔一八六〇―一九四六〕の動物記シリーズ（『わたしの知っている動物たち』など）にもあるのかもしれない。これはいまでは人気がなくなったけれど、一九一四年以前の子供は、一つ前の世代の子供が、『誤解』〔イギリスの女性作家フロレンス・モンゴメリー（一八四三―一九二三）の作品。一八六九年刊。元来は大人向けだったが子供たちも読んだ。妻を亡くした国会議員の父が弟ばかりかわいがるので非行に走った少年が、弟とともに池に落ち、弟は助かったのに彼は死んで、父が後悔するという物語〕に涙したのと同じように、かならず涙をさそわれたのだった。

それからしばらくして、十九世紀アメリカにたいするわたしのイメージは、今でもかなりよく知られていて『スコットランド学生歌集』にのっている（はずの）、ある歌のせいで、ずっと明確なものになった。例によって、現在のように本のない時代にはこの本も手に入らないので、記憶をたよりに引用するしかないが、次のような出だしだった。

バンゴー〔アメリカ、メイン州の町〕から汽車に乗って
東部へ行く学生さん、
メインの森で何週間も

狩をして真っ黒に日に焼けて――
頬はすっかりひげだらけ、
あごひげ、口ひげ伸びほうだい――
すらりほっそり背も高く、
すてきなかっこの学生さん

やがて、老夫婦と、「きれいで、小柄」な「村娘」が、この汽車に乗りこんでくる。そのうちに、あたりに飛び散る煤が学生の目に入り、それを村娘がそっととってやるので老夫婦は憤慨する。まもなく汽車は「エジプトの夜のように真っ暗な」長いトンネルに突入し、また明るいところへ出てくると娘は真っ赤になっているが、その原因は次のくだりで明らかになる。

ところが小さなイヤリング
見ればとつぜん学生の
もじゃもじゃ生えたひげのなか！

この歌がいつごろのものなのかは知らないが、汽車が旧式なこと（客車には灯もなく、煤が目に入るのが当然）から見て、十九世紀もかなり前のものだろう。

この歌と『ヘレンの坊やたち』の共通点は、第一に甘い純真さである。読者をちょっと驚かせようというクライマックスは、まるで現代の卑俗な短編の書き出しにありそうな小話である。第二は、ある程度の教養が感じられる気取ったところに、いささか下品な言葉がまじることである。『ヘレンの坊やたち』は、ユーモラスという程度ではない笑話的な作品をめざしているにもかかわらず、全巻に「風雅な」とか「貴婦人のような」といった言葉が頻出し、おかしみの最大の源は、せっかく上品にしようとしているところへバカバカしい災難がふってくるところにあるのだ。「彼女は美しく、知性をたたえ、落ちついていて、服装の好みもいいのに、浮気女めいたところ、物憂げな社交界の女を思わせるようなところは微塵もなくて、わたしの称賛の気持ちを最大限にかきたてた」と描写されているヒロインは、また「品行方正で、ういういしく、身だしなみもよく、落ちつきがあり、目は輝き、色は白く、抜け目がない」とある。「バートンさま、去年の聖ゼバニアの冬の縁日で花の飾りつけをなさったのは、あなたさまだったのでしょうね。あの季節でも、いちばん風雅な見ものでござんした」といった言葉に、今は消滅した美しい世界がちらりと顔を出す。だが、「ござんした」を一例とする古めかしい言葉の使い方——たとえば居間ではなく「座敷」、寝室ではなく「寝所」、あるいは「現実」を副詞として使う――こういった用法が頻出するにもかかわらず、この本はそれほどの「時代がかっている」わけではなく、愛読者のなかには、これは一九〇〇年前後に書かれたものだと思っている人がたくさんいるのだ。

じつは一八七五年に書かれたのであって、それは二十八歳の主人公が南北戦争の勇士だったという、物語からわかる証拠でも推測がつくのである。

この本はごく短く、物語も単純である。若い独身の男が、その姉から、姉夫婦が二週間の休暇で遊びにでかけるあいだ五歳と三歳の二人の息子の面倒を見ることを押しつけられる。子供たちは、池に落ちたり、毒を飲んだり、鍵を井戸に放りこんだり、剃刀《かみそり》で怪我をしたりと、つぎつぎに悪さをするので、彼は気が狂いそうになるが、おかげで「すでに一年くらい、ぼくが遠くから憧れていた美しい娘」と婚約できることにもなる。物語の舞台はニューヨーク近郊の、いまから見ればあきれるほどまじめくさっていて格式ばった教養のある社交界、しかもいまのアメリカ観からすればおよそ非アメリカ的な社会で、何事にもエチケットが第一なのだ。婦人たちが乗っている馬車とすれちがうとき帽子がまがっていては一大事、教会の礼拝中に知人に挨拶するのは不作法、たった十日間求婚しただけで婚約したのでは社交界人種としての重大な失策になる。われわれイギリス人はアメリカ社会のことを、とかく自分たちの社会より粗野で冒険心に富み、文化的にはより庶民的だと考えたがって、週刊誌のカウボーイやインディアンの物語はもちろん、マーク・トウェイン、ホイットマン、ブレット・ハートといった作家たちの作品から、伝統がなくて一つの土地に執着しない変わり者や無法者の住む、野蛮で無秩序な世界を想像する。そういう面が、十九世紀のアメリカにあったことはたしかである。ところが、東部の比較的人口の多い州では、ジェイン・オースティンの社交界と同じような社交界がイギリスよりも後まで存在したらしいのだ。しかも、それは十九世紀後半の急激な産業化によって生まれた社交界より上質なものだったと思わざるをえないのである。『ヘレンの坊やたち』や『若草物語』のなかの人びとは多少こっけいかも知れないにはせよ、堕落してはいない。彼らには、一つには純粋な信心ぶかさから生まれる誠実さとか、良風美俗と言えばいちばんぴったりの何かがそなわっている。日曜にはみんなが教会へ行き、食事の前には感謝を捧げ、寝る前にはお祈りをするのは当然のこととされている。子供をよろこばせるには聖書の物語を聞かせ、唄を歌ってくれと言われれば、おそらく「グローリー、グローリー、ハレルヤ」を歌ったのだ。死があけすけに語られているということも、この時代の軽い文学の精神的な健全さを示すものかもしれない。バッジとトディの弟「フィル坊や」は、『ヘレンの坊やたち』が始まるすこし前に死んでいて、その「ちっぽけな棺」をめぐる涙をさそう言葉がいろいろと出てくるのだ。現代作家がこの種の物語を書くとしたら、棺にはふれないだろう。

イギリスの子供たちはいまでも映画からアメリカの影響をうけているが、子供たちにはアメリカの本がいちばんいいという主張は、だいたいにおいてもう通用しないだろう。地下の実験室ではぶきみな教授が原爆を製造していて、空にはスーパーマンが胸にあたる機関銃の弾を豆のようにはねかえしながらビューンと飛び、プラチナ・ブロンドの美人が鋼鉄製のロボットや体長十五メートルもある恐竜に犯されたり犯されかけたりするという色刷りのコミックなど、とても子供にあたえられるものではない。スーパーマンと、聖書や薪の山とでは、あまりにもへだたりが大きい。以前の子供向けの本、あるいは子供にも読めた本には、ただ無垢なだけでなく、自然な陽気さと心の弾むのびのびした雰囲気があったが、これは、おそらく十九世紀のアメリカには存在した、前代未聞の自由と安全の賜物だったのである。そして、それこそ『若草物語』と『ミシシッピー河上の生活』〔マーク・トウェインの自伝的な作品〕という、一見遠くへだたる二つの作品をむすびつける絆なのだ。一方で描かれている社会は、衒学《げんがく》的で、家庭を大事にする、抑制のきいた社会なのに、もう一方は悪党、金鉱、決闘、泥酔、賭博といっためちゃくちゃな世界ではあっても、どちらのばあいも、その底には未来への信頼と、自由とチャンスの希望が読みとれるのである。

十九世紀のアメリカは、世界の主流からはとりのこされた、金持ちの、人口のすくない国で、現代人のすべてが悩まされている二つの悪夢、つまり失業と国家による干渉という悪夢はまだないにひとしかった。社会的差別もあって、それは現在より露骨だったし、貧困もあった（『若草物語』では、一家が一時ひどく困窮して、娘の一人が髪を床屋へ売るところがあった）。しかし、現在のような社会全体を覆う無力感はなかったのだ。機会はだれにでもあり、努力さえすれば生きていける自信を持てたどころか、金持ちになれる確信さえ持てたのである。みんながそれを信じていて、また、実現できた人もたくさんいたのだった。言いかえれば、十九世紀のアメリカ文明は最高の資本主義文明だったのである。南北戦争後しばらくすると堕落が始まるのは避けられなかったが、それでも、少なくとも数十年は、アメリカの生活はヨーロッパの生活よりはるかに楽しいものだった。いろいろな出来事に事欠かず、色彩にも変化にも富み、機会にも恵まれていたのである。そしてその時期の本や歌には、ある華やかな活気と子供らしさがあったのだった。『ヘレンの坊やたち』をはじめとする「軽い」文学の人気の秘密は、これなのであって、だからこそ三、四十年前のイギリスの子供たちは、アライグマとかウッドチャック、シマリス、ハタリス、ヒッコリーの木、西瓜、その他アメリカ生活のいろいろと珍しいものについて、ふつうは少なくとも知識だけは身につけていたのである。

（『トリビューン』一九四六年十一月二十二日号）

原注

＊1　ジョン・ハバートン〔一八四二—一九二一〕の『ヘレンの坊やたち』の初版は一八七六年に刊行された。

書物対タバコ

二年ほど前、ある新聞の編集長をしている友人が、工場労働者とともに空襲による火災の監視にあたっていたときのことである。彼の新聞の噂が出たのだが、労働者たちもたいていはその読者で、あれはいい新聞だとは言ったものの、文芸欄をどう思うかと友人が尋ねてみると、「あんなとこは読みゃしないよ。一二シリング六ペンスもする本の話ばかりじゃないか。おれたちみたいな人間が、本一冊に一二シリング六ペンスも出せるわけがない」という答えが返ってきたのだった。ところがこの連中、友人の話では、ブラックプール〔大衆的な海水浴場〕へ日帰りで遊びに行くのに何ポンドも使うのは平気だというのである。

本を買うどころか読むだけでも贅沢な趣味で、庶民には手がとどかないのは当然ということになっている。一時間あたり何ペンスという換算の仕方で正確な読書代を計算するのはむずかしいが、わたしはまず自分の蔵書目録を作って、その代価の総計を出してみた。

本の代価そのもの以外の出費も加算してみれば、過去十五年間の読書の費用は、かなり正確に推定できる。

このばあい、代価を計算する対象としたのは、現在住んでいるフラットに置いてある本だけである。わたしはもう一箇所ほかにもほぼ同数の本を保管しているので、完全な総計を出すには、この総計を二倍にすればよい。校正見本、傷んでいるもの、安いペーパーバック、パンフレット、雑誌の類は、製本して本の体裁になっていないかぎり除外した。押入れの底に積んである学校時代の教科書のようなガラクタも数えず、自分で買った本、あるいは買おうと思ったもので、これからも捨てる気のないものだけを数えてみたのである。すると、以下のようなさまざまな事情で入手したものは、四四二冊になる。

買ったもの（大部分は古本）	二五一
もらうか図書券で買ったもの	三三
書評用ないし献本	一四三
借りたまま返してないもの	一〇
現在有料図書館から借りているもの	五
総計	四四二

次は計算方法である。買った本については、わかるかぎり正確な価格を記入した。もらったもの、一時的に借りているもの、借りたまま返してないものについても、正価を記入した。人に贈ったり、借りたり、盗んだりした本の代価は、均《なら》すとだいたいとんとんになるからである。わたしがほんとうは自分のものではない本を持っていても、他人もわたしの本を持っているのだから。したがって、代金を払わなかった本の値段は、払ったのに手元にない本の代価と相殺されるわけである。また、書評用、献本の類は半額で計算した。古本で買うばあいの値段はそんなところだし、そもそもこの手の本は、古本でしか買わないものばかりだからである。なかには、見当で値段をきめなくてはならないものもあったが、それほど的外れではないはずだ。費用は以下のとおり。

買ったもの	三六ポンド　九シリング
もらったもの	一〇ポンド一〇シリング
書評用その他	二五ポンド一一シリング九ペンス
借りたまま返してないもの	四ポンド一六シリング九ペンス
貸本	三ポンド一〇シリング

書棚　　　　　　二ポンド

総計　八二ポンド一七シリング六ペンス

ほかの場所に保管してある本もくわえると、総計九百冊近い本を持っているらしい。代金総額は、一六五ポンド一五シリング。これが過去約十五年間の総計である。なかには子供の頃からのものもあるので期間はもっと長くなるが、十五年で計算してみよう。すると一年に一一ポンド一シリングの経費になるけれども、読書費用の総計を見積もるには、これ以外にもくわえなくてはならない出費がある。最大のものは新聞雑誌で、これは年間八ポンドくらいが妥当な数字か。年間八ポンドあれば、日刊二紙、夕刊一紙、日曜紙二紙、週刊誌一、月刊誌一ないし二誌をまかなえる。これで、年間の読書経費は一九ポンド一シリングになるが、最終的な総額を出すには推定も必要になる。読書経費にはあとに証拠ののこらない出費もあるからだ。図書館の登録費用もあるし、ペンギン文庫をはじめとして買いはしても失くしたり捨ててしまったりする廉価本もある。だがほかの数字から推定して、この種の費用には年間六ポンドも見込めば充分だろう。したがって、過去十五年間のわたしの読書経費の総額は、年間ほぼ二五ポンドということになる。

ほかの出費とくらべてみるまでは、年間二五ポンドといえば相当の金額に思える。週あたり約九シリング九ペンスというわけである。だが、九シリング九ペンスは、いまなら紙巻きタバコ約八三本分（プレイヤーズの値段に換算）である。戦前でも、せいぜい二百本以下だったろう。いまではパイプタバコの値段は非常に高いから、わたしのタバコ代は本代をはるかに上まわる。一オンス二シリング六ペンスのタバコを週に六オンス吸うので、年間では四〇ポンド近くになる。戦前、同じタバコが一オンスで八ペンスだった頃でさえ、年に一〇ポンドは使っていたのである。それに一日平均一パイントで六ペンスのビールも飲んでいたのだから、両方をあわせれば年に二〇ポンド近くは使っていたことになる。これでも、それほど国全体の平均を上まわってはいなかったはずなのだ。一九三八年当時のイギリス人は、アルコールとタバコに年間一人あたり一〇ポンド近くは使っていた。しかし人口の二〇パーセントは十五歳以下の子供、四〇パーセントは女性だったから、平均的な喫煙者、飲酒家は、一〇ポンドよりずっと多く使っていたにちがいない。一九四四年には、一人あたりの酒タバコ代は二三ポンドにも達した。さっきと同じように子供と女性はさしひけば、妥当な数字は四〇ポンドというところだろう。年に四〇ポンドといえば、ウッドバイン〔安タバコ〕を毎日一箱買い、マイルドを週に六日飲める代金であって、それほど余裕のある金額ではない。むろん、いまは本代をふくめてすべてが高騰しているが、その本も借りないで買い、新聞雑誌もかなりたくさんとったとしても、読書の費用が、酒タバコをあわせた代金を上まわることはあるまい。

本の値段と、そこから得られる価値の関係を見きわめるのはむずかしい。「本」と言っても小説、詩、教科書、辞典類、社会学関係の書籍といろいろあるし、厚さと値段のあいだには関係がない。とくにたいていは古本で買っているとなれば、なおさらである。五百行しかない詩に十シリング投じることもあれば、二十年にわたってときどき引くことになる辞書が六ペンスという場合もある。何度もくりかえし読む本、精神の一部と化して人生観を一変させてしまう本、覗いてはみても読みとおさない本、一気に読んでも一週間後には忘れてしまう本と、いろいろな本があっても、かかる費用はみな同じというばあいがありうるのだ。しかし、読書も映画を見に行くような単なる娯楽と考えれば、おおざっぱな費用を計算することはできる。小説それも「軽い」ものしか読まないとして、また、読む本はみんな買うものと仮定して――一冊の本の値段は八シリング、読む時間は四時間とすると――一時間あたり二シリングになる。これはほぼ、指定席で映画を見たばあいの費用である。むずかしい本しか読まず、それをみんな買うとしても、費用はそれほど変わらないだろう。本代は高くなるとしても、読む時間も長くなるからである。どちらのばあいも、読んだあとには本が手元にのこり、購入価格のほぼ三分の一で売れる。古本しか買わなければ、むろん読書の費用はずっと少なくなる。一時間約六ペンスというところだろう。また、本は買わずにすませて図書館から借りるだけにするなら、費用は一時間半ペニーくらいのものだ。それが公立図書館だったら、ほとんどただですんでしまう。

これだけでもう、読書がいかに安上がりな娯楽であるかはわかったはず。ラジオを聴くのについで、いちばん安いにちがいない。ところが現実のイギリスの民衆は、どのくらいの本代を使っているだろう。統計はあるはずだが、わたしは知らない。ただ、戦前のイギリスにおける年間出版点数が、重版と教科書をふくめて一万五千だったことはわかっている。一点ずつが各一万部売れたとして――ただし、これは教科書を勘定にいれても高い数字だろうが――平均的なイギリス人は、直接間接、年間約三冊の本を買っていたことになる。三冊まとめても一ポンド、あるいはそれ以下ではないだろうか。

以上の数字は推測だから、遠慮なく訂正してもらいたい。しかし、わたしの見積もりがほぼ正しいとするなら、これは識字率百パーセントで、しかもふつうの庶民がインドの農民の生涯生活費以上の金をタバコに投じている国としては、自慢になる数字ではない。われわれの本代が今後もこういう低水準にとどまるとしたら、せめて、それはドッグレースや映画、パブなどにくらべて読書がおもしろくないからであって、買うにせよ借りるにせよ、本が高いからではないくらいのことは認めたいものである。

（『トリビューン』一九四六年二月八日号）

＊このエッセイの通貨単位は一九七一年二月十四日以前のものなので、その旧通貨について説明しておく。

一ポンド　＝二〇シリング
一シリング＝一二ペンス
したがって、たとえば二シリング六ペンスの四倍が半ポンドになり、二シリング六ペンスの銀貨を「半クラウン」と称した。

書評家の告白

タバコの吸殻と飲みかけの紅茶の茶碗が散らかっている、寒くて、むっと空気のこもった寝室兼居間。虫の食ったガウンを着た男が、ぐらぐらする机の前にすわり、埃のつもった紙の山の隙間にタイプライターを置く場所を探している。こんな紙の山を捨てられないのは、紙屑籠はすでにあふれているうえ、まだ返事を出していない手紙や未払いの請求書にまじって、たしか銀行に振りこむのを忘れているはずの二ギニーの小切手がまじっている可能性があるからだ。住所録に住所を転記しなければならない手紙もある。住所録は見えなくなってしまって、それを探さなくては、いや何であれ探し物をしなければと思うと、それだけで猛烈に自殺の衝動がこみあげてくる。

男はまだ三十五だというのに、五十には見える。頭は禿げていて、手には静脈瘤がうきあがり、眼鏡をかけている。このたった一つの眼鏡さえしじゅう失くしているのだが。万事順調なときでも栄養失調にかかっているけれど、このところ幸運だったとすれば、二日酔いにかかっているせいにちがいない。現在、午前十一時半。予定では、二時間前に仕事にとりかかっているはずだった。ところがまともな仕事にとりかかろうとすると、やたらに電話がかかってきたり、赤ん坊の泣き声だの、外の通りの電気ドリルの音だの、借金とりがどた靴で階段を行き来する足音が聞こえたりして、手がつかなかったのだ。いまも二回目の郵便がきて、手紙の返事が二通と、赤で印刷された所得税の請求書がとどいたばかりである。

言うまでもなく、この男は物書きである。詩人でも、小説家でも、映画の脚本家でも、ラジオの台本作家でも、何でもいい。物書きというのはみんな似たりよったりなのだから。しかし、ここは書評家ということにしておこう。山のような紙屑の下から、「五冊まとめてよろしく」という意味の編集者のメモのついた五冊の本が入っている、大きな小包がのぞいている。四日前にとどいていたのに、道徳心が麻痺したこの書評家は四十八時間、その包みをあける気にもなれなかったのだった。昨日ようやくその気になって紐を切ってみると、『十字路に立つパレスチナ』、『科学的酪農業』、『ヨーロッパ民主主義小史』（これは六百ページもあって、重さも四ポンドはある）、『ポルトガル領東アフリカの部族的習慣』、それにおそらく手違いなのか『負けるが勝ち』という小説が一冊入っていた。八百語前後の書評は、明日の正午までに「入れ」ないといけない。

五冊のうち三冊は彼のさっぱり知らないことを扱った本だから、少なくとも五十ページは読まないととんだ大間違いをしでかして、(書評家の手口なら熟知している)著者はもちろん、一般読者にまで馬脚をあらわしてしまいかねない。午後四時までには五冊とも包み紙からは出してあるだろうが、それでもまだページをあける気にはなれまい。読まなければならないのかと思うと、紙の臭いを嗅いだだけで、ヒマシ油で味をつけた米の粉のプディングの冷えたのでもつきつけられた心地になってしまう。それでも、不思議なことに原稿はちゃんと間に合う。とにかく、かならず、締切りまでには先方にとどくのである。午後九時ごろになると、彼の頭はややさえてきて、やがて夜中をまわって部屋がいちだんと冷えこんできても、あいかわらず座ったまま、ますます濃くなってくるタバコの煙のなかで片端から器用に読みとばし、「ちぇっ、くだらねえ本だな」という最後のご託宣とともに傍らに置く。夜が明けたところで、髭もそらず、赤い目をした不機嫌な顔で一、二時間じっと真っ白な紙をにらんでいた彼は、やがて時計の針におびえて仕事にとりかかる。とたんにすらすら出てくるのだ。「必読の一冊」とか、「どのページにも忘れがたい箇所がある」、「これこれを扱っている章は、とくに価値が高い」といった陳腐な言葉が、磁石にひきよせられる鉄片さながら、ぴたりと順序よくきまって、注文どおりの長さの原稿が予定の三分前に仕上がるのである。その頃にはまた、でたらめな取り合わせの、食欲の湧かない本の包みが郵便でとどく。毎日がこの繰りかえしなのだ。だが、いまは踏みにじられて神経がずたずたになったこの男も、つい二、三年前にこの人生にのりだした頃には、何という意気さかんな希望に燃えていたことだろう。

これでは大げさに聞こえるだろうか。だれでもいいから職業的な書評家――最低、年にまあ百冊は書評をする人物――に、訊いてみたい。正直に言って、あなたの生活や性格はわたしが書いたとおりではないと否定できますか。いずれにせよ、物書きというのはだいたいこういう人間だと言っていいが、延々と手当たりしだいにつづく書評というのは、とりわけ報われることがなくて、苛立たしく疲労困憊する仕事なのである。すぐに述べるようにくだらないものを褒めなくてはならない――たしかに、褒めることもあるのです――ばかりではない。何の感興も湧かない本にたいしても、たえずむりに何らかの感情をかきたてなくてはならないのだ。疲れきってはいても書評家というのは本の専門家であって、毎年数千冊は出る本のうち、彼が書評を書きたくなるものは、せいぜい五十冊か百冊だろう。一流の書評家なら、十冊か二十冊かもしれない。いや、二、三冊しか手にとらない可能性さえあるのだ。それ以外の書評は、いかに良心的に褒めたりけなしたりしていようと、本質的にインチキなのである。一度に半パイントずつ、不滅の精神をどぶに流しているのだ。

書評には、対象にした本について見当ちがいなとんでもないことを言っているものが圧倒的に多い。戦後は、出版業者が文学書の編集者にいやがらせをしたり、出す本はかたっぱしから絶讃させるといったことは以前ほどできなくなったが、書評の水準のほうは、紙面がないとか、その他いろいろな事情ですっかり下がってしまった。こういう始末を見て、これを解決するには三文文士から書評の仕事をとりあげればいいという説が出ることがある。専門書は専門家にゆだねるしかないが、その他にもたくさんある書評、なかでも小説の書評などは素人にやらせてもいいのではないか。小説ならたいていは、たとえ嫌悪感であろうと激しい感情をかきたてられるのだし、こういう読者の感想のほうが、飽き飽きしている職業的書評家のそれよりずっと値打ちがあるにちがいない。だが、編集者ならだれでも知っているとおり、ざんねんながらこういうものを組織化するのはきわめてむずかしいのだ。現実には、編集者はけっきょく、また自分の手持ちの三文文士――「常連」と彼が呼ぶ連中――にたよらざるをえなくなる。

こういう状態は、どんな本でもとうぜん書評に値すると思われているかぎり、改善のしようがない。大量の本をとりあげたのでは、どうしても大部分はいいかげんに褒めることになってしまうのだ。本についての何らかの専門家にならないかぎり、大部分は悪書だということには気がつかないのである。客観的に正しい批評をするなら、十中八九以上が「この本は価値がない」ということになるし、書評家の正直な気持ちは「こんな本ちっともおもしろくない、金でももらわなきゃだれが書くものか」というところなのだが。しかし、読者はそんな感想を聞くために金を出しはしない。出すはずがないのだ。読者がもとめているのは、読む必要がある本についてのガイドであり、何らかの評価なのである。だが、価値が云々されたとたんに、水準は崩壊する。『リア王』はすぐれた戯曲で、『正義の四人』はすぐれたスリラーだと言ったとしたら――そして、たいていの書評家はすくなくとも週に一回はこういう真似をしているのだが――「すぐれた」という言葉に何の意味があろう。

いちばんいいのは、これが昔からわたしの持論なのだが、大部分の本は無視して、重要と思われる少数の本に長い――最低千語とする――書評をあてることである。近刊予定の本についての一、二行の予告は意味があるだろうが、ふつう行われている六百語ていどの中途半端な長さの書評は、たとえ書評家に本気で書く気があったとしても、どうしても無意味なものにならざるをえない。ふつうなら書きたくはない。そして毎週毎週雑文ばかり書いていると、やがてこの文章の冒頭で描いた、ガウン姿のうらぶれた人間と化してしまうのである。しかし、この世の人間には、だれでもかならず軽蔑できる相手がいるもので、わたし自身が書評も映画批評も手がけた経験からすると、書評家のほうが映画批評家よりはまだしも恵まれているのだ。映画批評家などは自宅で仕事をすることもままならず、朝の十一時から試写に出かけなくてはならなくて、しかもよほど幸運でないかぎり安物のシェリー一杯で自尊心を売りわたさなくてはならないのである。

(『トリビューン』一九四六年五月三日号初出)

文筆業の経費

＊『ホライズン』誌一九四六年九月号のアンケート「文筆の代価」にたいする回答。数名の作家に以下の質問が寄せられた。

一、作家に必要な生活費はいくらでしょうか。
二、純文学作家が、それだけの生活費を著作だけで得ることは可能でしょうか。もし可能だとすれば、その方法は？
三、不可能な場合、作家にもっとも適した副業は何でしょうか。
四、作家が他の仕事にエネルギーを割くことは、文学にとってプラスでしょうか、マイナスでしょうか。
五、国家もしくは他の組織が、作家のためにもっと尽力すべきでしょうか。

六、この問題について、ご自身の解決法に満足しておいででしょうか。また、執筆によって生計をたてたいと思っている若い人びとにたいして、何か特に忠告なさることがあるでしょうか。

一、現在の貨幣の購買価値で考えれば、所得税をさしひいたあとの必要最低額は、妻帯者で週あたり十ポンド、独身者で六ポンドでしょう。作家が得られる最高額は――これも現在の貨幣価値に換算して――年間約千ポンドです。これだけあれば、借金取りに悩まされたりやっつけ仕事をしたりする必要もなく、半面、まぎれもない特権階級になったといった気持ちになることもなく、まずまずの生活ができます。作家に、労働階級の収入で暮らせというのは無理でしょう。作家にはまず第一に、大工のばあいの道具とおなじく、じゃまされる心配のない暖房のきいた快適な部屋が必要ですが、これはたいしたことがないようでも、家庭の設備という点から考えると相当の経費がかかります。作家は自宅で仕事をするのでしじゅうといっていいほどじゃまがはいりますが、これを防ごうとすれば、かならず直接間接の費用がかかる。また大量の書籍、定期刊行物が必要ですが、これを整理する空間と家具が不可欠で、通信にも多額の経費がかかり、すくなくともパートの秘書は必要なうえ、旅行をしたり、好みに合う場所で暮らしてみたり、好きな物を飲み食いし、友人を食事につれだしたり自宅に泊めたりといったことで、得られるものが大きい。これにはすべて金がかかります。理想的には、もし相当の金額なら、すべての人間の収入が同じなのがいい。しかし格差があるとなれば、作家の地位はおそらく中位で、これは現在の水準なら年収千ポンドというところでしょう。

二、否。イギリスで、著作だけで生計をたてているのはせいぜい数百人。しかも、そのほとんどはおそらく推理作家の類と聞いています。エセル・M・デル〔イギリスの女性大衆作家。一九三九年没〕のような作家のほうが、純文学作家ほど身を売るようなまねをしなくてすむのです。

三、持ち時間を全部とられないものだとしても、作家の副業は文学とは関係ないものがいいでしょう。自分の性に合ったものなら、さらにいい。しかし、思いつくのはたとえば銀行員とか保険代理業といった、そのあとで夜家へ帰ってから本来の仕事ができるものくらい。これに反し、教職とか放送あるいは英国文化振興会（ブリティッシュ・カウンシル）のような団体の宣伝活動といった、半ば創造的な仕事でエネルギーを費やしてしまったら、そのあとではがんばれません。

四、ほかの仕事も、すべての時間とエネルギーを使いきってしまうのでなければ、有益でしょう。何とかして、ふつうの世間と接触するように努力をしなければなりません。そうでないと書くことがなくなります。

五、国家が役に立てることがあるとすれば、公立図書館の書籍の購入にもっと予算をつけることだけです。もし完全な社会主義が実現したばあいは、作家は国家から生活費を支給されて比較的高給のグループに入ることになるはずです。しかし、現在のように、国営企業もたくさんあるものの民間の資本主義制度も広範に存在するといった経済機構がつづくかぎり、作家とその仕事にとっては、国家だけでなく、いかなる組織とも交渉が少なければ少ないほどいい。何らかの組織がパトロンになれば、かならず紐つきになる。かと言って、作家が実質上個人の金持ちに寄食することになる、昔のような個人的パトロンも、あきらかに好ましくありません。束縛のもっとも少ない、だんぜんすぐれたパトロンは大衆です。ざんねんながら、イギリスの大衆はいまのところあまり本代を使っていません。読書量は徐々にふえているし、平均的な趣味も、ここ二十年で大幅に向上したと言えると思うのですが。現在ふつうのイギリス人が一年間に使う本代は、おそらく一ポンドくらい。ところが酒と煙草には、あわせて二十五ポンドちかく使っているはずです。地方税と国税の形によって、知らないまに国民にもっと本代を使わせることができます。戦争中に、大蔵省がBBCに助成金を出すというやりかたで、国民にはるかに多額の放送料を支払わせたのと同じことです。政府がのりだして、出版界を支配して宣伝機関にしたりすることはせずに本の購入を促進するような出資をふやせば、作家の立場はずっと楽になり、文学も益することになるでしょう。

六、個人的には満足しています。つまり経済的には。これは、少なくともここ数年は恵まれていたからです。初めは必死でした。世間の人の言うことに耳を貸していたら、けっして作家にはならなかったでしょう。それどころか、ついさいきんまでは、わたしが何か真剣なものを書けば、かならずその出版を阻止しようとする強い働きかけが、それも時には有力者によって行われたのです。何か言いたいことのある若い人たちにわたしがあたえられる忠告といえば、だれの忠告も聞くなということに尽きます。むろん、財政的な援助なら多少はできても、これも当人に何か才能がなければ役に立ちません。ただ何か紙に言葉を書きたいというだけなら、BBCとか映画会社などがいいでしょう。しかし、何よりも「作家」でありたいというのなら、この国では、存在は許されても応援もしてもらえない動物――雀のような存在――になるしかなく、初めからそういう立場を自覚しているほうがうまくいきます。

（『ホライズン』一九四六年九月号初出）

なぜ書くか

わたしは、おそらく五つか六つのごく幼いときから、大人になったら物書きになるのだと思っていた。十七くらいの頃から二十四になるまでのあいだはこの考えを捨てようと努めたものの、やはり、ほんとうの自分を裏切っている、いずれは本を書くようになるだろうという意識は抜けなかった。

わたしは三人きょうだいのまんなかだったけれども、姉も妹も五つはなれていたし、八つになるまでは父の顔もめったに見なかった。このほかにもまだいろいろ理由があってわたしにはどこか淋しいところがあったし、そのうちにいろいろ厭な性癖が身についてしまったために、小中学校時代はいつも友だちに人気がなかった。孤独な子供らしく、わたしは自分でいろいろなお話を作ってはその中の人物と話をした。わたしの文学的野心には、そもそもの始めから、他人に疎外されバカにされているという気持がまじっていたようだ。

自分に言葉の才能があり、厭なことでも直視できる能力があることはわかっていて、だからこそ現実の生活での失敗に尻をまくれる、ひとりだけの世界をつくりだせるのだという気がした。とは言っても、幼いころから少年時代にかけて書いたまともな――というより自分ではまともなつもりでいたものは、全部で六ページにも満たないだろう。はじめて詩を書いたのは四つか五つのときだった。母がわたしの言うことを書きとったのである。たしか虎のことを歌った詩で、その虎には「椅子のような歯」が生えていたということくらいしか覚えていない――なかなか巧みな表現だが、この詩はブレイクの「虎よ、虎」の剽窃《ひょうせつ》だったのではないかと思う。第一次世界大戦が勃発したのは十一のときだったが、わたしの書いた愛国的な詩が地方紙に載り、さらに二年後にもう一つ、キッチナー将軍の死を歌った詩が載った。すこし大きくなってからは、ときどきジョージ王朝風の下手な「自然詩」を書いていたが、これはたいてい途中で投げ出してしまった。二度ばかり何とか短編小説を一つ書いてみようとしたこともある。しかしそれはまったく問題にならなかった。これだけが、幼少年時代を通じて自分ではまともなつもりで紙に書いた作品のすべてである。

だが、そのころのわたしはたしかに文学活動と言っていい生活をしていたのである。まず第一に、自分ではたいして楽しくもないのに注文に応じて手早く簡単に書いた文章がある。学校の課題以外に、いま考えると呆れるほどのスピードで戯れ歌風の即興詩も書けたし、十四の時など、アリストファネスをまねた韻文劇を一編、一週間ぐらいで書き上げたこともあった。活字のものも手書きの原稿をとじただけのものもあるが、学校の雑誌の編集も手伝っていた。これはどれもじつに安っぽいふざけた雑誌で、いまのわたしがもっとも低級な雑誌に書く原稿とくらべても、はるかにいいかげんにやっつけていた。だがこういうものと平行して十五年以上も、これとはまったく性格のちがう文学修業をつづけていたのである。つまり自分についての「物語」を、ただ想像の世界だけのものだが一種の日記にあたるものを、たえず心の中で書きつづけていたのだ。これは少年時代から青年期にかけて多くの人が経験することではないだろうか。ごく幼いころのわたしは、自分をたとえばロビン・フッドだと空想して、胸が躍るような冒険の主人公になった自分の姿を思い描いたりしていたものだが、やがてこういう時期はたちまち終わって、「物語」は幼稚な自己耽溺《たんでき》的なものから、単に自分の行動や観察をつとめて客観的に述べるものへと変わっていった。たとえば何分かのあいだ、こんな文章が頭を駆けぬける。「彼はドアを押して部屋に入った。黄色い陽光が一筋、モスリンのカーテンごしにテーブルにななめに差している。テーブルの上にはインク壜のそばに、半分開けたマッチ箱がのっていた。右手をポケットに突っこんだまま、彼は窓ぎわへ行った。下に見える街路を三毛猫が枯葉を追いかけて走って行く」。この習慣は、二十五歳くらいで文学生活に入るまでずっとつづいた。これでいいと思える言葉を探して苦労もしたし、ちゃんと探し当ててもいたものの、こんな文章を書いていると、無理に、外からの強制力のようなものに促されているような気がした。おそらくこの「物語」にはそのときどきの、年齢に応じて心酔していた作家のさまざまな文体が反映していたにちがいない。だが考えてみると、いつも妙にこまかな描写にこだわっていたように思う。

十六くらいの頃、わたしはとつぜん言葉そのものの魅力、つまり言葉の響きとか連想の楽しさに目ざめた。『失楽園』の、

　　こうして彼は苦難と戦いながら
　進んで行った。苦難と戦いながら

といった、いまではそれほどみごととも思えない二行に、わたしは背筋がぞくぞくした。「彼」の綴りがheでなくheeなのがよけい嬉しかった。何かを書きたい欲求そのものは、もうとうにおなじみだった。したがって、当時の欲求がほんものだったとすれば、どんな本が書きたかったのかは明白である。描写がこまかく、あざやかな比喩に富んでいて、言

葉の響きも計算に入れた華麗な文章にもこと欠かず、そして不幸な結末に終わる、自然主義的な大長編小説を書きたかったのだ。そして事実、いよいよ書いたのは三十のときだが腹案はずっと前から持っていた初の長編小説『ビルマの日々』は、かなりそれにちかいものになっている。

こういう内情をあらいざらい打ち明けるのは、作家の若いころについて多少知らないと、その動機の価値を判断できないと思うからである。作家がとりあげる主題は彼が生きている時代によって決定される——すくなくとも現代のような騒乱と革命の時代にはそう言ってよい——しかし、作家はそもそも物を書くようになる以前に、すくなくとも多少は一生ついてまわる感情的な姿勢を身につけるはずである。言うまでもなく、作家である以上は自分の気質を律して、未熟な段階や偏った気質を脱するように努力するのは当然である。しかし若いころにうけた影響から完全に脱却してしまうなら、物を書く衝動自体の命を絶ってしまうことになるだろう。生活費をかせぐ必要を別にすれば、物を書くには——すくなくともそれが散文の場合——大きくわけて四つの動機があると思う。その四つには作家によって程度の差もあり、一人の作家についても、時に応じその生活環境によって比率が変わるだろうが、以下にそれを並べてみる。

一、純然たるエゴイズム。頭がいいと思われたい、有名になりたい、死後に名声をのこしたい、子供のころに自分をいじめた連中を大人になったところで見返してやりたいといった動機。こういうものが一つの動機であること、それも強い動機であることを否定して格好をつけてみたところで、それはごまかしでしかない。その点では、作家といえども科学者、芸術家、政治家、法律家、軍人、大実業家――要するに人類の最上層にいる人間と、なんら変わるところはないのだ。人類の大部分はそれほど自己中心的ではない。三十をこす頃になると個人的な野心など捨ててしまい――それどころか、そもそも個人としての意識さえ捨てたのも同然になって――他人の生活のために生きるようになるか、骨が折れるだけの労働の中で窒息してしまうものだ。ところが一方には、少数ながら死ぬまで自分の人生を貫徹しようという決意を抱いている才能のある強情な人間がいるもので、作家はこの種の人間なのである。れっきとした作家はだいたいにおいて、金銭的関心ではかなわなくとも、虚栄心となるとジャーナリスト以上につよく、自己中心的だと言っていいだろう。

二、美への情熱。外的な世界のなかの美、あるいはまた言葉とその正しい排列にたいする感受性。ある音とある音がぶつかって生じる衝撃、すぐれた散文の緻密強靱な構成、あるいはすぐれた物語のもっているリズムを楽しむ心。自分が貴重で見逃せないと思う体験を他人にもつたえたくなる欲望。こういう美的な動機にきわめて乏しい作家はいくらでもいるが、反面パンフレットや教科書の執筆者にも、功利的な理由とはかかわりなく自分が好きでたまらない言葉とか句があるものだ。あるいは、活字の組みとか、ページの余白のあけかたなどにうるさいといったばあいもあるだろう。鉄道の時刻表ならともかく、それより高級な本には、かならずなんらかの美的関心がはらわれているものである。

三、歴史的衝動。物事をあるがままに見、真相をたしかめて、これを子孫のために記録しておきたいという欲望。

四、政治的目的——この「政治的」はもっとも広い意味である。世界をある一定の方向に動かしたい、世の人びとが理想とする社会観を変えたいという欲望。このばあいも、なんらかの政治的偏向がまったくない本というのはありえない。芸術は政治にかかわるべきではないという主張も、それ自体が一つの政治的な態度なのである。

こうしたさまざまの衝動がたがいに矛盾せざるをえないこと、また人により時代によって変わるのが当然であることは言うまでもあるまい。「性格」とは大人になるまでに身についた状態だと解するなら、わたしは、さいしょの三つの衝動が四番目の衝動よりもつよい性格の人間である。平和な時代だったなら、おそらく凝った文章を書くか、単に事実を詳しく書くだけに終わって、政治的誠実などということはほとんど意識することさえなかったかもしれない。ところがそうはいかず、否応なしに一種の時事評論家になってしまったのである。まず、はじめは五年間、自分には不向きな職についた（ビルマで、インド帝国警察に勤務）。それから貧困と挫折感を味わった。その結果、生まれつき権威にたいして持っていた憎悪の念がつよまって、労働階級の存在をはじめてほんとうに知ったのである。それにビルマ勤務のおかげで、帝国主義の本質についても多少理解できるようになっていた。だが、これだけの経験では、まだほんとうの政治的な作家になることはなかっただろう。ところが、そこへヒットラーが登場し、スペイン戦争が起こるといったことがつづいたのだ。一九三五年末までは、わたしの決心はまだ完全に固まってはいなかった。当時、自分の矛盾を歌った、こんな詩を書いているのである。

二百年昔だったら、
ぼくは幸せな牧師で、
永遠の運命について説教し、
庭のくるみの木が育つのを眺めていたかもしれない。

けれど、ああ、悪の時代に生まれたために、ぼくはその幸せな憩《いこ》いに恵まれなかった、
ぼくの上唇にはひげが生えているのに、
牧師たちはみんなきれいにひげを剃っている。

それでもまだ平和な時代はつづいていた、
ぼくらはつまらないことを喜び、
どんな悩みもやさしくゆすっていれば、
緑の胸に抱かれて眠ってしまった。

ぼくらは何も知らずに、喜んでいたが、
いまではそんな喜びは嘘でしかない。
その頃はぼくの敵でも、
りんごの木にひわが止まっているのを見て、心を震わせた時代だったのに。

だが女の下腹もあんずの実も、
木が影を落としている流れにひそむうぐいも、
馬も、夜明けに飛びたつ鴨も、
すべては夢だ。

もう夢見ることは許されない。
ぼくらは喜びを破壊し、隠す。
馬はステンレス製になり、
ちびででぶの男がまたがっている。

ぼくはうごめくこともないうじ虫、
ハレムも持たない宦官。
牧師と人民委員のあいだで、
ユージン・アラム〔貧しさから人を殺したのち良心に苦しめられる学校教師。ブルワー＝リットンの小説の主人公〕のようにうろついている。

すると人民委員がぼくの未来に宣告をくだす、
そばではラジオが鳴っている、
だが、牧師はオースチン・セブン〔自動車〕をくれると言った。
ダギー〔かならず支払うのを建前とした当時の馬券屋、資本主義制度に掛けて〕はかならず払うのだから。

大理石の宮殿に住んでいる夢を見て、

目がさめてみると本当だった。
こんな時代に生まれたつもりはなかったのに。
スミスは、ジョーンズは、きみはどうだい？[*1]

スペイン戦争をはじめ、一九三六年から七年にかけてのいろいろな事件によって局面が決定的になると、以後わたしの立場は揺らがなかった。一九三六年以降のまともな作品は、どの一行をとっても直接間接に全体主義を攻撃し、わたしが民主的社会主義と考えるものを擁護するために書いている。いまのような時代に、こういう問題にふれずにすますことができると考えるのは、バカげているのではあるまいか。誰もが、なんらかの形でこういうことについて書いているのだ。問題はどっちに味方をするか、どういう方法をとるかということにすぎない。そして自分の政治的な立場についての自覚が深まれば、それだけ、政治的に動いても美や知性にかかわる誠実さを犠牲にしないですむようになるのである。

過去十年、わたしの最大の目標は政治的な文章を芸術に高めることであった。わたしの出発点は、つねに一種の党派性、つまり不正にたいする嗅覚である。一冊の本を書こうとするとき、「芸術作品を書くぞ」と思うことはない。暴露したい嘘があるから、世の注意を促したい事実があるから書くのであって、最大の関心事は耳を貸してもらうことである。

そうは言っても、一冊の本はおろか、雑誌向けの長い評論のばあいでも、芸術性とまったく無縁では書く気にはなれまい。わたしの書いたものをよく読んでもらえば、プロパガンダそのものの場合でさえ、政治の専門家の目には不必要と思える部分がたくさんあるはずである。わたしには、自分が子供のころ身につけた世界観を完全に放棄することはできないし、しようとも思わない。命があって健康なかぎりは、いつになっても文体に執着し、現世を愛し、内容のある具体的なこととか、実益のない知識の断片を楽しむ性癖は変わらないだろう。自分のそういう一面を押さえつけようとしてみても、どうしようもないのだ。要は生まれつきの好き嫌いと、この時代がわれわれすべてに強制する、本質的に公の、個人とは相容れない活動を妥協させるしかないのである。

これは容易なことではない。作品の構成についても言葉についても、いろいろ難問をかかえることになるし、誠実という問題の意味もこれまでとは違ってくるのである。一つだけ比較的単純な例をあげてみよう。わたしがスペイン戦争について書いた『カタロニア讃歌』は、むろんどこから見ても政治的な作品だが、だいたいにおいて対象に一定の距離を置き、形式を顧慮することを忘れなかったつもりである。この作品の場合は、文学的な本能を冒さずに全面的真実を伝えようと、非常な苦心をした。それでもとくに困ったのは一つだけ長い一章で、ここにはフランコと通じたとして告発されたトロツキストを弁護する、新聞雑誌類からの引用がたくさんふくまれている。こんな章は一、二年もすれば一般の読者には何の興味もなくなってしまうのだから、そのために本全体をぶちこわしてしまうとは目に見えている。おかげで尊敬するある批評家からは、「どうしてあんなくだらないものを入れたんだ、せっかくいいものになるところだったのに、新聞みたいにしちゃったじゃないか」と説教される破目になった。まさにその通りなのだが、わたしにはこれしかやりようがなかったのである。それも罪のない人びとがぬれぎぬを着せられていることを知ってしまったからだった。しかも英国ではその事実を知ることができた人はきわめて少数だったのである。そもそもその事実に憤慨しなかったなら、わたしは初めからあの本を書かなかっただろう。

この問題とはいろいろな形でこれからも取りくむことになる。言葉の問題はさらに微妙で、ここで論じる余裕はない。ただ最近のわたしはなるべく派手にならないように、より正確に書こうと心がけているとだけ言っておこう。いずれにしても、なんらかの文体を完成したときには、すでにそれからは脱却しているものだ。わたしがその仕事の本質を十分自覚しながら、はじめて政治的な目標と芸術的な目標の融合に挑戦したのは『動物農場』のときだった。以来七年間小説は書いていないが、そう遠くない将来にもう一冊書きたいと思っている。どうせ失敗することはわかっている。できあがった本はすべて失敗なのだ。

だが、自分の書きたい本がどういうものなのかは、ある程度はっきりわかっている。

ここまでの一、二ページを読み返してみると、わたしがものを書く動機は全面的に公の問題意識なのだとうけとられかねないが、それでは困る。作家はだれでも虚栄心があり、利己的で、怠けものなのであって、その上、ものを書く動機のいちばん根底には、ある得体の知れないものが潜んでいるのだ。一冊の本を書くというのは長期にわたる業病との戦いのようなもので、じつにひどい、くたくたになる仕事なのである。どうにも抵抗のしようがない、自分でも正体がわからない悪魔にでもとりつかれないかぎり、こんな仕事に手を出そうとする人間はいないだろう。その悪魔とは、おそらく人の注意を惹こうとして赤ん坊が泣くのと同じ本能にすぎないのかもしれない。とは言え、たえず自分の影を消すために悪戦苦闘しないかぎり、読むに耐えるものなど書けないことも事実である。すぐれた散文は窓ガラスのようなものだ。自分の動機のなかでいちばん強いのはどれなのか、それははっきりわからないが、大事にするに値するものがどれなのかはわかっている。そして、これまでの仕事をふりかえってみるとき、命がかよっていない本になったり、美文調や無意味な文章に走り、ごてごてした形容詞を並べて、結局インチキなものになったのは、きまって自分に「政治的な」目標がなかった場合であることに気がつくのである。

（『ガングレル』一九四六年夏）

原注

＊1　この詩は最初『アデルフィ』（一九三六年十二月）に載った。

編訳者あとがき

ジョージ・オーウェル（本名エリック・ブレア）は、二十世紀イギリスの作家・批評家。一九〇三年に生まれ五〇年に没した。というより、あまりにも有名な二つの小説『動物農場』と『一九八四年』の著者と言ったほうが早いかもしれない。

父親がインドで阿片の生産、管理にあたる公務員だったので現地で生まれたが、まもなく父一人をのこして母、姉とともにイギリスへ帰り、イーストボーンにある予備学校セント・シプリアンをへて、パブリック・スクールの名門中の名門イートン校に学んだ。イートンを卒業した彼は大学へは進学せず、植民地に職をもとめてインドの帝国警察の警察官に採用され、ビルマで五年たらず勤務した。だが、この仕事をつうじてじかに帝国主義の現場にふれた彼は、人を支配する苦痛とともに、支配することによって支配者の心もまた歪まずにはいないことを痛感した。有名なエッセイ「象を撃つ」や「絞首刑」、長編小説『ビルマの日々』は、この経験の産物である。

この苦しい経験は五年で十分だった。初めての休暇で帰英した彼は、そのまま辞表を出して二度とビルマへはもどらず、安定した職業を棄てるなという父親の反対を押し切って、文筆で立つ決心をかためた。物を書くのは幼いころから好きだったし、才能もあったのである。彼はまず、植民地とはかぎらずイギリスやヨーロッパでも体制の最下層で苦しんでいる人びとの生活の実態を知ろうとして、しばらくイギリスで過ごしたあとパリへ渡ると、スラム街の宿を根城に極度に貧しい生活を送ってこうした人々と苦楽をともにし、その経験を一九三三年に『パリ・ロンドン放浪記』として出版した。処女作である。これは安穏な中産階級の人生からは想像もできない、最下層にひしめく変人奇人たちの細かい観察に裏づけられた、ユーモラスで文学的な香りの高いもので、その印象はとくに前半のパリ篇において強い。

処女作が出版できただけでは生活は楽にはならなかったが、その後はジャーナリストとして、イギリスの労働者たちの生活をルポしたり、学校の教師になったり、書店に勤めたりしたあげく、やがて危険な性格がようやく露《あらわ》になってきたファシズムとの戦いと見られたスペイン戦争が始まると、戦場に赴いて、現場でのイデオロギーの建前と実態のずれを克明に描き、現場を知らないジャーナリズムの嘘を告発する『カタロニア讃歌』を書いた。

その生き方は、政治の嵐に揺れた三〇年代の不器用な良心の一典型だったのかもしれない。この時期を境に、オーウェルは左右を問わない全体主義政治の批判に転じた。彼を初めて有名にしてまとまった収入をもたらした二つの有名な小説は、この仕事の集大成だったと言ってよい。すでに肺を病んでいた晩年の彼は、スコットランドにあるジュラ島の人里離れた家を借りて、最後の作品となった『一九八四年』に全精力を集中し、これが完成したところで短い人生を閉じた。こうした伝記的事実については、バーナード・クリック著、河合秀和訳『ジョージ・オーウェル』（岩波書店）や日本人の著者による手近な本として大石健太郎氏の『「荒ぶる魂」の遍歴――ジョージ・オーウェルの生涯』（日外アソシエーツ）があるから、参照なさることをお勧めしておく。

単行本となったオーウェルの業績はそれほど多くはない。だが、彼はむしろそれ以上に新聞・雑誌に時事的な批評、書評、あるいは書評を動機とする文化論、身辺雑記など、膨大なエッセイを書いた。そして、その大部分は死後に四巻にまとめられ、わが国でもすでに翻訳出版されている（平凡社『オーウェル著作集』。なお、これは近く再編集の上、平凡社ライブラリー版として出版される予定）。これらのエッセイの長所と魅力は、つねに人間の生活、あるいは理想的な文化についての彼独特の視点が一貫している点にある。

オーウェルはとかく鋭利辛辣な政治一辺倒の作家・批評家とばかり見られがちだけれど

も、この表面の下には、じつに糞真面目で不器用と言っていい庶民的な性格がひそんでいる。庶民的な性格にふさわしく、ほんとうの好みはきわめて保守的だった彼は、イギリスの伝統——庶民の人生のなかの具体的な問題をめぐる喜びや悲しみに現れる伝統的な思い——にこだわりつづけたのである。オーウェル自身の言葉を借りれば生まれた時代の偶然のせいで政治的関心を持たざるをえなかった半面で、彼は教条主義的な考えとは別の、一人の人間としての気持ちを忘れずに、自然を楽しめる心の意味について説き、動物を、生活の周辺の小物を、伝統的な食べ物を、ビールを愛し、昔を懐かしんだ。

本書に集めたのは、オーウェルのいわば表の顔である政治的なエッセイより、むしろこうした個人的な生き方や好みがうかがえるエッセイである。表にあたる固いものの粋を集めた『オーウェル評論集』（岩波文庫）と併読してくだされば、オーウェルの全体像がかなり見えてくるのではないかと思う。

そして本書の何よりも誇るべき特徴は、現在のところ単行本には未収録のエッセイを六篇——「暖炉の火」「晩餐の服装」「不作法」「ガラクタ屋」「イギリスの気候」「懐かしい流行歌」を収録できた点にある。いずれも朔北社がロンドン大学のオーウェル文庫と連絡をとり、同文庫のジリアン・ファーロング女史の協力によってコピーを入手、翻訳権を取得したものである。交渉にあたってくださった朔北社の荒井玲子氏に深謝する。だがそれ以上に感謝しなければならないのは、そもそも本書の綿密周到な企画をたてて、実質的にエッセイの選定にあたり、編集に多大の努力を払ってくださった、同社専務取締役小南晴彰氏である。本書はひとえに氏の情熱の賜物と言ってよい。氏の情熱に感謝するとともに、深い敬意を表さなければならない。

さいごに編集上の問題について一言、雑誌掲載時に主題の異なるものを、まとめてある場合などに、編集の主題に合わせて一部を割愛したエッセイが幾つかあることをお断りしておく。むろん、恣意的に途中を省略したりしたのではなく、明らかに主題の異なる前半、ないし後半を割愛したものである。

また、初紹介のもの以外は、前記の平凡社版にすべて既訳がある。これには拙訳もふくまれているが、再録を許してくださった平凡社ならびに、それぞれのエッセイの訳者の方々に深謝する。平凡社版でも拙訳だったものには全面的に手を入れた。

さらに、「なぜ書くか」は、これも前記の拙訳『オーウェル評論集』にも収められている。これも再録をお許しくださった岩波書店にあつくお礼を申し上げる。

底本は次のとおり。
The Collected Essays, Journalism & Letters of George Orwell, 4 vols. edited by Sonia Orwell and Ian Angus (London, Secker & Warburg, 1968)
この他に前記オーウェル文庫所蔵の *Evening Standard* 紙に掲載された単行本未収録記事。

一九九四年十一月二十七日

小野寺　健

『動物農場』ウクライナ版への序文

ウクライナ版『動物農場』に序文を書いてほしいという依頼があった。私はまったく知らない読者のために書くわけだが、読者の方でも、まず私のことなど聞いたことがないだろうと思う。

この序文では、きっと私が『動物農場』の端緒でも語ることを求められているのだろうが、まず初めに私自身と、私をこういう政治的立場に立たせるに至った諸経験について語っておきたい。

私は一九〇三年にインドで生まれた。父は現地のイギリス政府の役人で、私の家は軍人とか牧師とか、役人、教師、弁護士、医者といったありふれた中産階級の家のひとつだった。私はイギリスのパブリック・スクール[*1]のなかでももっとも金のかかる上流風の学校であるイートンで教育を受けた。しかし私がそこにはいれたのはただただ奨学金のおかげで、そうでなければ父には私をこんな学校へやる経済的余裕はとてもなかった。

学校を出るとまもなく（まだ二十歳にもなっていなかったが）ビルマへ行って、インド帝国警察に入った。これは武装警察であって、スペインのグアルディア・シビル、フランスのギャルド・モビールにそっくりの憲兵隊のようなものである。私はここに五年いた。当時のビルマでは民族主義的感情はそれほど目につかず、イギリス人とビルマ人の関係もとくに悪くはなかったのだが、私はこの仕事になじめず帝国主義を憎むようになった。一九二七年に休暇でイギリスへ帰ったとき私はこの仕事を辞めて作家になることにしたが、初めはこれという成功もできなかった。一九二八—二九年はパリで暮らし、だれも印刷してはくれない短篇や長篇を書いた（これはその後みな捨ててしまった）。それからの数年はほとんど食うや食わずの生活を送り、何度も餓死しかけた。書いたもので生活できるようになったのは、ようやく一九三四年になってからである。それまでは、貧民街の最低の地区に住んで乞食と盗みをくり返して街をふらついている犯罪者同然の貧乏人に混じって、何か月も暮らしたことさえある。当時の私は金がないために彼らとつきあったのだが、後には彼らの生活自体に深い関心を持つようになった。私は何か月もかけて（今度はもっと体系的に）北部イングランドの坑夫の生活状況を調べた。一九三〇年までは、そもそも自分を社会主義者だとは思っていなかった。というより、まだ明確な政治思想を持っていなかったのである。私が社会主義に同調するようになったのは、計画社会に対する理論的な賞讃からというより、貧しい産業労働者が抑圧され無視されている姿に嫌悪を覚えたからだった。

一九三六年には結婚した。一週間もしないうちに、スペインで内戦が勃発した。私たち夫婦はそろってスペインへ行き、スペイン政府の味方として戦いたいと思った。書きかけだった本〔『ウィガン波止場への道』〕を私が書き上げると、半年で準備はできた。スペインへ行った私は半年近くアラゴン戦線で戦ったが、このときウエスカで、ファシストの狙撃兵の弾にのどを撃ち抜かれた。

戦争の初期には、外国人はだいたいにおいて政府陣営内のさまざまな派閥抗争のことなど知らなかった。いろいろな偶然から、私は大部分の外国人と違って国際旅団ではなくPOUM民兵に入った——すなわちスペインのトロツキストである。

そのため一九三七年の中頃に、共産党がスペイン政府を掌握（あるいは部分的に掌握）してトロツキスト退治に乗り出すと、私たち夫婦はそろって追われる身となった。二人が生きてスペインを脱出でき、しかも一回も逮捕されることさえなかったのは、非常な幸運だった。味方のなかには銃殺されたり、長い間投獄されたり、どこへともなく姿を消してしまった者がいくらでもいたのである。

スペインでのこの人間狩りは、ソヴィエトでの大粛清と時期を同じくして行なわれたものので、彼らにとっては一種の付録だった。スペインの場合も、告発の罪状はロシアの場合と同じ（すなわちファシストと通じた裏切り）だったのだが、スペインに関するかぎり、この告発はどこから見ても間違っていた。こういう経験はすべて貴重な実物教育だった。私はこのおかげで、全体主義のプロパガンダが民主主義国においても進歩的な人々の主張を容易に左右しうることを学んだのである。

私たち夫婦はそろって、罪のない人々がただ異端の嫌疑だけで投獄されるのを見た。ところがイギリスへ帰ってみると、分別もあれば事情にも通じている多数の人々が、この内戦を見ていながら、反逆だの裏切りだのサボタージュだのというモスクワ裁判についてのばからしいニュースを信じていたのである。

こうして私は、ソヴィエト神話が西欧の社会主義運動に及ぼしているマイナスの影響を、いままでになくはっきり理解したのだった。

ここでちょっと、ソヴィエトの体制に対する私の立場について説明しなくてはならない。私は一度もロシアを訪れたことはないから、知識はもっぱら本や新聞から得られるものに限られている。たとえ自分に力があったとしても、ソヴィエトの国内問題に干渉しようとは思わないし、スターリンとその一派を、野蛮な非民主的な方法だけを理由に弾劾する気はない。どれほど善意があろうと、ソヴィエト国内の情勢ではあれしかやりようがなかったということも十分ありうるのである。

だが同時に、私には西欧の人々がソヴィエト体制の現実をありのままに見るということが、きわめて重要だと思えたのだった。一九三〇年以来、私はソヴィエトがほんとうに社会主義と呼びうるようなものに向かっている証拠を、ほとんど見ていなかった。それどころか、私はソヴィエトが階層社会に変貌しつつある明らかな徴候に驚かされたのである。支配者たちは、他国の場合と同じく権力を放棄する理由を認めていないのだ。それればかりか、イギリスのような国の労働者と知識階級には、今日のソヴィエトが一九一七年のそれと完全に違うとは思えないのである。ひとつにはそうは思いたくない（すなわち彼らは、どこかにほんとうの社会主義国が現実に存在すると信じたがっているということだ）からであり、ひとつには、社会生活のなかの比較的な自由と節度に親しんでいるために、全体主義などまったく不可解だからである。

しかし、われわれはイギリスが完全な民主主義国ではないことを忘れてはならない。それは大きな階級的特権と（戦争中にはすべての国民が平等になりかけていたというのに）貧富の隔たりのある資本主義国でもあるのだ。とはいえ、それは人々が数百年にわたって内戦もなく仲よく暮らしてきた国であり、法律は比較的公正だし、公式のニュースも統計もたいていは信用でき、最後になったが、大切なのは少数意見をいだいてこれを口に出してもけっして生命を脅かされたりはしない国だということである。こんな世界に住んでいる一般の人々には、強制収容所だとか、大量国外追放だとか、裁判もなく拘留されるとか、新聞の検閲などといったことはほんとうに理解できはしない。ソヴィエトのような国について書かれていることも自動的にイギリスの世界に置き換えて考えてしまうものだから、全体主義体制の宣伝の嘘も無邪気に信じてしまうのである。一九三九年までは、それどころかその後も、大部分のイギリス人にはドイツのナチス体制の本性を見きわめることができなかったが、またまたソヴィエトの体制についても、あいかわらずほぼ同じ幻想をいだいているのだ。

これがイギリスの社会主義運動に重大な悪影響を及ぼし、イギリスの外交政策に重大な結果をもたらした。実際、私の見るところ、ロシアは社会主義国であって、その支配者のすることは模倣はしないまでもすべて許されるという信念くらい、本来の社会主義の概念を堕落させるのに役立ったものはない。

だからこそ、私はこの十年間、社会主義運動を蘇生させたければまずソヴィエト神話を打破することが根本だと、固く信じてきたのである。

スペインからもどった私は、だれにでも容易に理解でき、他国語にも容易に翻訳できるような物語によって、ソヴィエト神話の正体をあばこうと思いついた。ただ、その物語の具体的構想となるとなかなか思いうかばずにいたある日、（当時私が住んでいた小さな村で）十歳くらいだろうか、小さな男の子が狭い道を馬車用の大きな馬にまたがって、向きを変えようとしては鞭で打ちながらやってくるのに出会ったのだった。とたんに私は、もしこういう動物が自分の力を自覚しさえしたら、人間は彼らを押えつけることなどできまい、そして人間が動物を搾取しているやり方は、金持がプロレタリアートを搾取しているのと同じではないかと思いついたのである。

私は動物の観点から見たマルクス主義理論の分析にとりかかった。彼らには、人間同士の階級闘争など幻想にすぎないことがはっきりわかっている。動物を搾取する必要があるとなれば、人間は動物の敵にまわって結束するのだから。真の闘争は動物と人間の間のものなのだ。こう出発点が決まれば、物語の構想はかんたんにできた。私は一九四三年までこれを書かなかった。たえずほかの仕事があって暇がなかったのである。そしてけっきょく、テヘラン会談〔一九四三年十一月二十八日から十二月一日にかけてテヘランで開かれた米英ソ巨頭会談。ルーズベルト、チャーチル、スターリンが出席〕のように執筆中に起こった出来事もいくつかとりいれた。こういうわけで、この物語の大筋はいよいよ執筆にかかる六年以上前から、頭のなかにあったのである。

作品そのものについては触れたくない。作品自体が語っていなければ失敗である。ただ、二つの点を強調しておきたい。第一は、いろいろなエピソードを現実のロシア革命の歴史からとってはいても、その使い方は図式的なもので、時間的な順序も変えてあるということである。物語の対称的な構造のために必要だったのだ。第二の点はたいていの批評家が見落としているのだが、これは私の強調の仕方が足りなかったせいかもしれない。読み終わったとき、最後には豚と人間が完全に和解したのだと思う読者がたくさんいそうなのである。私にはそんなつもりはなかった。逆に、大不協和音で終わらせるつもりだったのである。これを執筆したのはテヘラン会談の直後で、だれもがこの会談によってソヴィエトと西欧の間に望みうる最高の関係が成立したと考えたのだから。私自身は、そんな友好関係が長続きするはずはないと信じていたのだが、事実を見ればわかるとおり、私はそれほど間違ってはいなかったのである。

これ以上書くことはないと思う。私的な事情まで話せと言うのなら、妻を亡くした身で三歳になりかけている息子があること、職業は作家であること、開戦以後は大体ジャーナリズムの仕事をしてきたことをつけくわえておこう。

いちばん定期的に寄稿しているのは、ほぼ労働党左派の立場に立つ社会・政治問題についての週刊誌『トリビューン』である。わたしの著書で一般読者にいちばん興味を持ってもらえそうなのは（この翻訳の読者になど手に入らないだろうが）『ビルマの日々』（ビルマについての物語）と、『カタロニア讃歌』（わたしのスペイン市民戦争の経験にもとづくもの）、それに『批評論集』（主として現代イギリスの大衆文学に関するエッセイを集めたもので、文学的視点よりも社会学的視点に立つもの）である。

（一九四七年）

著者注

＊1　これは一般向けの「公立学校」（原語は「ナショナル・スクール」だが、ここでは一八七〇年に制定された「初等教育法」の施行によって政府の監督下に入り、「公立初等学校（public elementary school）」の一部となった、歴史的に国教徒が対象の「ナショナル・スクール」ではなく、一般的な公立学校、つまり公立初等学校そのものをさす）とはちがう、まったく反対の、全国に少数しかない特権的で費用のかかる全寮制の中等教育学校である。この種の学校では最近まで、金持で貴族的な家庭の子弟以外ほとんど入学を認めなかった。パブリック・スクールに息子たちを押し込むのは、十九世紀の成り金の銀行家の夢だった。この種の学校ではスポーツをいちばん重視し、それがいわば堂々と威厳があってしたたかな紳士的人生観をつくった。この種の学校でも、イートンはとくに有名なのである。ウェリントン将軍は、ウォータールーの戦いに勝利をもたらしたのはイートンの運動場だと言ったという。何らかの形でイギリスを支配していた人間があらかたパブリック・スクールの卒業生だったのは、そう遠い昔のことではない。

『一杯のおいしい紅茶』一九九五年一月　朔北社刊

文庫化に当たり「『動物農場』ウクライナ版への序文」（初出『オーウェル著作集Ⅲ　1943—1945』一九七〇年一月　平凡社刊）を新たに収録しました。

〔　〕は訳者注。文中の記述は当時のままです。明らかな誤植は訂正し、一部編集部注を加えました。

A Nice Cup of Tea
In Defence of English Cooking
The Moon under Water
Review of The Pub and The People by Mass Observation
As I Please(weekly column) #66
The Case for The Open Fire
As I Please #72
As I Please #58
Review of The Reilly Plan by Lawrence Wolfe
Review of Cricket Country by Edmund Blunden
The Sporting Spirit
Pleasure Spots
Banish This Uniform
But Are We Really Ruder? No
Just Junk-But Who Could Resist It?
Bad Climates Are Best
As I Please #79
Some Thoughts on The Common Toad
A Good Word for The Vicar of Bray

Letters to A. S. F. Gow, Celia Kirwan, George Woodcock,
Sonia Brownell, Anthony Powell, T. R. Fyvel, Julian Symons

Funny, But Not Vulgar
Nonsense Poetry
Songs We Used to Sing
Good Bad Books
Riding Down The Bangor
Books *v.* Cigarettes
Confessions of a Book Reviewer
The Cost of Letters
Why I Write

Author's Preface to The Ukrainian Edition of *Animal Farm*

by George Orwell

中公文庫

一杯《いっぱい》のおいしい紅茶《こうちゃ》
――ジョージ・オーウェルのエッセイ

2020年8月25日　初版発行
2023年6月30日　5刷発行

著　者　ジョージ・オーウェル
編　訳　小《お》野《の》寺《でら》健《たけし》
発行者　安部順一
発行所　中央公論新社
〒100-8152　東京都千代田区大手町1-7-1
電話　販売 03-5299-1730　編集 03-5299-1890
URL https://www.chuko.co.jp/

DTP　平面惑星
印　刷　三晃印刷
製　本　小泉製本

Published by CHUOKORON-SHINSHA, INC.
Printed in Japan　ISBN978-4-12-206929-9 C1198

中公文庫既刊より

各書目の下段の数字はISBNコードです。978-4-12が省略してあります。

ウ-8-1
国のない男
カート・ヴォネガット
金原瑞人 訳
戦後アメリカを代表する作家・ヴォネガットの、シニカルな現代社会批判が炸裂する遺作エッセイ。この世界で生きる我々に託された最後の希望の書。〈解説〉巽 孝之
206374-7

シ-1-2
ボートの三人男
J・K・ジェローム
丸谷才一 訳
テムズ河をボートで漕ぎだした三人の紳士と犬の愉快で滑稽、皮肉で珍妙な物語。イギリス独特の深い味わいの傑作ユーモア小説。〈解説〉井上ひさし
205301-4

タ-8-1
虫とけものと家族たち
ジェラルド・ダレル
池澤夏樹 訳
ギリシアのコルフ島に移住してきた変わり者のダレル一家がまきおこす珍事件の数々。溢れるユーモアと豊かな自然、虫や動物への愛情に彩られた楽園の物語。
205970-2

チ-1-3
園芸家12カ月 新装版
カレル・チャペック
小松太郎 訳
園芸愛好家が土まみれで過ごす、慌ただしくも幸福な一年。終生、草花を愛したチェコの作家チャペックによる無類に愉快なエッセイ。〈新装版解説〉阿部賢一
206930-5

テ-3-2
ペスト
ダニエル・デフォー
平井正穂 訳
極限状況下におかれたロンドンの市民たちを描いて、カミュの『ペスト』以上に現代的でなまなましいと評される、十七世紀英国の鬼気せまる名篇の完訳。
205184-3

ハ-6-2
チャリング・クロス街84番地 増補版
〈レーン・ハンフ 編著
江藤 淳 訳
ロンドンの古書店に勤める男性と、ニューヨーク在住の女性脚本家との二十年にわたる交流を描く書簡集。後日譚「その後」を収録した増補版。〈巻末エッセイ〉辻山良雄
207025-7

む-4-12
極北
マーセル・セロー
村上春樹 訳
極限の孤絶から、酷寒の迷宮へ。私の行く手に待ち受けるものは。この危機は、人類の未来図なのか――読み始めたら決して後戻りはできない圧巻のサバイバル巨編。
206829-2